KB042921

# 하이베른가의 대공자

## 하이베른가의 대공자  4

**초판 1쇄 인쇄일** 2023년 9월 14일  |  **초판 1쇄 발행일** 2023년 9월 19일

**지은이** 청루연  |  **펴낸이** 곽동현  |  **담당편집 팀장** 이범수
**편집부** 정요한 김승건

펴낸곳 (주)조은세상  |  출판등록 제2002-23호
주소 서울특별시 동작구 동작대로1길 27 5층
TEL 02)587-2966  |  FAX 02)587-2922
E-mail bukdu@comics21c.co.kr

청루연ⓒ2023
ISBN 979-11-391-2268-8  |  ISBN 979-11-391-1964-0(set)
값 9,000원

4

북두
맑고 좋은 세상

# 하이베른가의
# 대공자

청루연
판타지 장편소설

**청루연** 판타지 장편소설

FANTASY STORY

## CONTENTS

Chapter, 22

왕립 대전투장 제16관.

왕국에 들이닥친 7년 전의 대재앙 '유성 폭풍'에 의해 파괴
된 후 아직 보수가 끝나지 않은 곳이었다.

르마델 왕국의 최전성기 시절, 아카데미의 생도 수는 2천
여 명에 달했지만 지금은 고작 7백여 명 수준.

당시의 생도 수를 기준으로 증축해 놓은 건물이었기에 어
차피 쓰이지 않는 곳이나 다름없었다.

"……."

깨어진 천장을 무심히 올려다보고 있는 루인.

교교하게 흘러내린 달빛이 여기저기 깨어져 있는 대리석

바닥을 은은하게 비추고 있었다.

이내 루인이 마력을 집중하며 감각을 뻗어 나갔다.

과연 대략 이백여 미터 내에 인기척이 느껴지지 않았다.

루인이 생도들을 쳐다본다.

"누가 먼저 할 거냐."

"나다! 내가 먼저 하겠다!"

시론이 한 발 앞으로 나서며 호기로운 눈빛을 빛냈다.

루인의 진짜 실력이 궁금한 사람은 시론뿐만이 아니었다.

칼날 같은 긴장감이 대전투장을 휘감았다.

"무투대회의 전투 규칙은?"

"당사자가 전투 의사를 포기하거나, 혹은 어느 한쪽이 전투를 유지할 수 없을 정도의 부상을 입었을 때 심판관들의 만장일치제로 승자를 가늠한다."

"간단해서 좋군."

루인이 아무런 자세도 취하지 않은 채로 시론의 두 눈을 마주했다.

"시작하지."

말이 떨어지기가 무섭게 시론이 허공에 수인을 맺기 시작했다.

우우우웅-

작열하며 타오르는 붉은 광구.

3위계 확산 마법 마력폭열(魔力暴熱)이 잔인한 열기를 머금기 시작했을 때.

루인의 몸이 마치 활처럼 꺾어졌다.

생도들이 본 것은 마치 잔상처럼 번져 가는 루인의 전신, 거기까지였다.

퍼벅!

흐릿한 루인의 모습이 다시 나타난 곳.

"끄어어어……!"

그곳은 시뻘게진 두 눈으로 배를 움켜잡고 있는 시론의 바로 옆이었다.

보는 것만으로도 처절한 아픔이 느껴질 정도로 깊숙이 파고든 주먹.

"*끄으으…… 끄으…….*"

시론이 혼절하기 직전처럼 눈이 뒤집어지자 세베론이 기함하며 달려 나왔다.

"이, 이게 무슨 짓이야!"

루인이 주먹을 털어 내며 특유의 무심한 얼굴로 시론을 내려다보고 있었다.

"비, 비겁하잖아! 이런 건 대마법 전투가 아니야!"

세베론은 마법사의 분노를 드러내고 있었다.

그것은 다른 생도들도 마찬가지.

그들은 루인이 왜 기사처럼 날렵한 몸놀림을 보이는지에 대한 의문보단 분노가 먼저였다.

-호오? 드디어 생명력의 치환(置換) 없이 혈주투계를 운용할 수 있게 되었나?

몰라보게 달라진 루인의 혈주투계(血朱鬪界)에 쟈이로벨의 짧은 감상이 이어졌다.

4위계에 오른 루인의 융합 마력은 이제 마계로부터 뿜어져오는 순수한 진마력 못지않았다.

간단한 술식만 첨가하면 마력만으로도 혈주투계를 운용할 수 있게 된 것이다.

더욱이 반년 동안 악착같이 단련해 온 육체까지 시너지를 일으켰다.

오히려 생명력으로 펄떡거리는 젊은 육체는 전생의 그것보다 훨씬 위력적이었다. 적어도 혈주투계만큼은 전성기의 기량에 거의 근접해 가고 있는 것이다.

어차피 혈주투계는 전생에서도 그다지 경지가 높지 않았다.

흑암의 공포가 지녔던 진정한 권능에 비하면 그저 보조 수단.

문제는 이 보조 수단조차도 생도 수준에서는 범접하기 힘든 경지의 전투 체술이라는 것이었다.

루인이 배를 움켜쥔 채 공포로 젖어 있는 시론을 내려다보았다.

"내가 규칙을 위반했나?"

"으으……."

말 그대로 무투대회.

마법이든 체술이든 검술이든, 생도들의 역량을 제한하거
나 구속하지 않는다.

리리아가 호기심 가득한 눈빛이 되어 루인을 응시하고 있
었다.

"너, 기사였나?"

또다시 마주한 루인의 불가사의였다.

마법에 대한 놀라운 혜안과 관점.

믿을 수 없을 정도로 드높은 식견.

학풍을 가늠할 수 없는 독특한 술식.

하지만 리리아는 앞선 모든 놀라움보다 지금이 더욱 충격
적이었다.

마도명가의 일원으로 살았기에 누구보다 잘 알고 있었다.

대인전에 국한한다면 마법사들에게 기사가 얼마나 두려운
존재인지를.

한데 지금 루인은 자신이 알고 있는 수준보다 더욱 위력적
인 기사의 몸놀림을 보여 주고 있었다.

현상과 본질을 보는 눈, 마안(魔眼)으로도 쫓을 수 없는 움
직임.

지금까지는 그런 기사를 경험한 적이 없었다.

"……."

말없이 웃고만 있는 루인.

여기에 모여 있는 모든 생도들이 루인의 첫 모습을 기억하고 있었다.

그렇게 금방이라도 부서질 듯한 육체가 기사의 것일 리가 없었다.

"기사는 아니지."

루인이 흰 이를 더욱 환하게 드러냈다.

"하지만 기사를 상대하는 방법은 알고 있다."

오싹!

그것은 강렬한 기세도 강자의 오만도 아니었다.

반대로 말한다면 마법사를 상대하는 건 더 쉽다는 의미.

무심한 루인의 그런 확언(確言)만으로도 리리아는 온몸에 전율이 치밀었다.

"……아직 난 기사와 대인전을 할 수 없다."

루인이 고개를 끄덕인다.

"알고 있다."

"너와 진정한 대마법전을 해 보고 싶다."

그 순간 루인의 웃음이 더욱 진해졌다.

리리아는 알지 못했다.

그 말이 얼마나 더 절망적인 결과를 초래할지를.

리리아의 정신은 아직 약했다.

과연 그것을 받아들일 수 있을까?

하지만 루인은 그녀의 강렬한 열정이 마음에 들었다.

"좋다."

루인의 말이 떨어지기가 무섭게 리리아는 단숨에 거리를 벌렸다.

움직임만으로도 어브렐가라는 마도명가의 치밀함이 엿보였다.

그렇게 리리아가 강렬한 눈을 빛내고 있을 때.

저벅.

루인이 그녀를 향해 천천히 걸음을 옮겼다.

리리아가 이를 악물며 수인을 뻗었다.

스스스스스-

루인이 마주 손을 뻗자 움직임을 봉쇄하는 약화계 특화 마법, 리리아의 마력 감속 주문이 간단하게 흩어졌다.

자신의 마력이 제멋대로 날뛰기 시작하자 리리아의 두 눈이 당혹감으로 물들었다.

술식이 이어지지 않는다.

회로들이 미친 듯이 꼬이고 있다.

악착같이 집중하며 주문을 외우려고 했으나 언령조차 봉쇄된 듯 입이 열리지 않았다.

'이, 이게 뭐지?'

모종의 결(結)이 모든 것을 방해하고 있었다.

그런 미지의 힘이 마력을 흩어 내고, 회로를 침범해 오며, 언령과 술식을 완벽하게 봉쇄한다.

감각으로는 분명 느낄 수 있는데, 대체 어떤 방식으로 구현해 내는 힘인지를 알 수가 없었다.

저벅.

루인이 또 한 발자국을 내딛었다.

그의 오른손이 환상처럼 유려하게 다시 뻗어 간다.

'아……!'

그 순간 리리아는 아득해지는 의식을 가까스로 부여잡고 있었다.

정신이 모이지 않았다.

심상이 갈래갈래 찢어지고 있었다.

이를 악물며 흩어지는 정신을 집중하려 했지만 눈꺼풀이 천근처럼 무거워지고 있었다.

'이, 이게 도대체 무슨……?'

이런 게 마법(魔法)이라고?

온몸으로 감당하면서도 도저히 믿기지가 않았다.

이건 마치 절대적인 권능 그 자체.

저벅.

루인의 발소리는 이제 공포였다.

그 압박감을 필설로 형용할 수가 없었다.

그저 이 순간이 빨리 끝나기를 바라는 나약한 마음만이 들끓고 있을 때.

어느새 루인이 지근거리에 다다랐다.

그의 입매가 기묘하게 비틀린 순간.

츠츠츠츠츠-

천천히 떠오른 잿빛의 마나볼(Mana Ball).

위력은커녕 그가 펼치고 있는 마법의 정체조차 알 수가 없다.

파파파파파팟!

갑자기 마나볼이 상상할 수 없는 속도로 회전하기 시작하자 엄청난 대지 돌풍이 자욱한 먼지를 일으킨다.

콰악!

루인이 마나볼을 움켜쥐자.

순식간에 공기가 사방으로 밀려나며 굉음을 터뜨렸다.

파아아아앙—

미친 듯이 흩날리던 은빛 머리칼이 잦아들었을 때.

공포로 젖어 있던 리리아의 두 눈이 드디어 현실로 되돌아왔다.

그녀는 알고 있었다.

마지막에 루인이 마나볼을 움켜쥐지 않았다면 칼날 같은 대지 돌풍에 의해 자신의 얼굴이 갈기갈기 찢어졌을 거라는 것을.

"아…… 아아……."

이런 건 그녀가 상상해 온 대마법전이 아니었다.

마치 믿어 온 모든 상식이 부정되는 기분.

다프네가 토끼 눈을 뜨며 달려와 홀린 듯이 중얼거렸다.

"혹시 이건 절대봉쇄주문(絶對封鎖呪文)…… 마지막엔 정신주박(精神呪縛)의 일종인가요?"

생도들 모두가 찢어질 듯이 눈을 부릅뜨고 있었다.

일정한 구역을 시전자의 마력으로 통제하는 절대봉쇄주문은 초고위의 영역.

게다가 상대의 정신계를 침범하는 마법이라니?

그야말로 전설과 상상 속의 경지.

정신계 마법은 드래곤들의 전유물로 현자들조차 감히 시도하지 않는 마도의 극한이었다.

*-끌끌! 나의 메아트마를 유치하게도 변형시켜 놓았구나.*

메아트마(μάϑϑoy).

상대의 정신계에 침범하여 착란과 두려움을 불러일으키는 고위 흑마법.

메아트마는 마신 쟈이로벨이 즐겨 구사하는 그런 정신계 흑마법들을 총칭하는 단어였다.

"무슨 소리를 하는지 모르겠군. 그저 내게 유리한 '마력 필드'를 구사했고 마지막은 슬립(Sleep) 마법과 잔풍계 마법이었다.”

“마, 마력 필드? 슬립?”

백마법과 결은 비슷할 것이다.

하지만 거기에는 마신 쟈이로벨, 아니 흑암의 공포가 구사했던 흑마법이 융합되어 있었다.

“거, 거짓말! 분명 정신계 마법이었어요! 고작 슬립 마법 따위가 어떻게 그런 엄청난 정신 속박을……!”

루인이 리리아를 쳐다봤다.

“잠이 오지 않았나?”

“…….”

분명 리리아는 무거워지는 눈꺼풀을 주체할 수가 없었다.

하지만 그건 단순한 수마(睡魔)가 아니었다.

단순한 슬립 마법이 마법사의 심상을 찢어 놓을 수가 있나?

슬립 마법이 3위계에 이른 마법사의 정신까지 움짝달싹하지 못하게 할 정도로 위력적이다?

그렇다면 진즉에 대마법 전투는 슬립 마법에 의해 평정되었을 것이다.

아니 애초에 대마법 전투라는 것이 성립될 수가 없었다.

‘게다가 모두가 염동 마법이었어…….’

리리아는 치가 떨려 왔다.

루인의 무시무시한 염동력을 직접 경험해 보니, 이건 도무지 같은 인간의 경지처럼 느껴지지가 않았다.

디스펠?

대응?

마법의 발현조차 감각에 걸리지 않는 마당이다.

마치 마법의 신을 마주하고 있는 기분.

이런 압도적인 경험은 마도명가 어브렐가에서도 느껴 보지 못한 것이었다.

그런 정신적인 충격이 너무 컸는지, 리리아는 단 한마디도 입을 열지 못하고 있었다.

"게다가 그런 마력 필드는 들어 보지도 못했어요! 무슨 마력 필드가 상대의 마력과 술식, 언령까지 통째로 봉인할 수 있어요?"

유희하고 있는 주제에 드래곤의 정신 마법을 드러내다니.

이렇게 정체를 쉽게 드러내고 다녀도 괜찮다는 건가?

다프네는 루인이 고작 생도들과의 대결에서 필요 이상의 힘을 드러내는 이유를 알 수 없었다.

그들은 세계의 질서, 즉 '맹약'에 위배되는 행동을 철저하게 경계하는 편이 아니었나?

"무슨 말이 그렇게 많아."

루인이 다프네와 마주 섰다.

"직접 경험해 보면 될 것을."

"……"

그 순간 다프네의 머릿속에서 모든 의문들이 사라졌다.

위대한 종족과의 대마법전을 경험할 기회라.

마법사의 인생에서 결코 쉽게 접할 수 없는 기회다.

"전력을 다해도 되겠죠?"

열기 어린 다프네의 질문에 루인이 희미하게 미소 지었다.

"숨기고 있는 것이라도 있나."

"물론이죠."

지이이잉-

공간이 찢어지며 휘황찬란한 빛을 머금은 아티펙트가 드러난다.

"우와!"

"오오!"

생도들이 경외의 시선으로 바라보고 있었다.

총천연색의 수정 구슬을 감싸고 있는 유백색의 지팡이.

생도들로서는 결코 구할 수 없는 수준의 마법 스태프였다.

"인사드리죠. 저의 소중한 동반자 '서리의 입김'이랍니다."

루인이 신중한 표정으로 마법 스태프를 살폈다.

마력에 대한 촉매력과 감응력을 높여 주는 마법 스태프.

수준에 따라 최소한 두 배, 뛰어난 아티펙트라면 다섯 배 수준까지 시전자의 마력을 배가시킨다.

루인이 예상하는 다프네의 경지는 6위계.

고위 마법사를 눈앞에 앞두고 있는 다프네가 마력 스태프까지 쥐고 있다면……

"어쩔 수 없군."

ㅊㅊㅊㅊㅊㅊㅊ-

허공이 찢어지며 시커먼 공간이 드러난다.

모두의 입이 벌어졌을 때.

루인이 시커먼 공간으로 팔을 집어넣으며 씨익 웃고 있었다.

"나도 무기는 많거든."

허공을 일그러뜨리며 나타난 거대한 그림자.

근원을 알 수 없는 마력으로 너울거리는 공간 왜곡장의 출현에 시론이 홀린 듯이 쳐다보고 있었다.

칠흑처럼 어두운 기운을 마주하자 본능적으로 온몸이 벌벌 떨려 왔다.

"도대체 저게 뭐지……?"

하복부가 관통당한 듯한 지독한 통증 따윈 진즉에 사라져 버렸다.

"……단순한 아공간 주머니는 아니다."

피가 나도록 입술을 깨물고 있는 리리아.

어느 정도 경지에 이른 마법사라면 아공간 주머니를 활용할 수 있었다.

하지만 지금 루인의 전면에 등장한 '무언가'는 분명 그런 범용적인 아공간이 아니었다.

압도적인 마력, 그야말로 무시무시한 기운.

마치 살아 있는 의지를 지닌 듯, 자신들을 바라보고 있는 느낌마저 들었다.

눈동자는 없었지만 마치 거대한 시선을 마주한 기분.

"설마…… 아티팩트 따위가 아닌 건가?"

"새, 생명체의 느낌에 가깝습니다!"

마법 무구에 대한 지식은 세베론이 가장 폭넓고 뛰어났다.

아티펙트에 대한 그의 조예가 남달랐기에 대부분의 생도들이 그를 주시하고 있었다.

"생명체……?"

"가, 갓 핸드(God hand)! 신의 직접적인 개입과 의지가 빚어낸 초월적인 물질! 그런 창조의 속성을 품고 태어난 극소수의 아티펙트들은 사람처럼 의지를 지니죠!"

멍해진 시론의 시선이 다시 루인의 '헬라게아'로 향했다.

"그럼 저게…… 저 아공간이…… 그런 갓 핸드의 일종이라는 거냐?"

"확신할 순 없지만! 전 그렇게 생각합니다!"

"미, 미, 미친!"

전설처럼 내려오는 몇몇 초월적인 아티펙트들이 존재하긴 했지만, 갓 핸드급의 아티펙트들은 그 실체가 불투명했다.

죄다 전설이나 소문뿐이라서 몇몇 마탑들은 아예 그 존재를 부정하고 있을 정도.

그 즉시 세베론이 수인을 맺으며 마력 감지 마법을 허공에 그렸다.

그의 마법에 의해 열상처럼 붉은 기운이 허공에 나타났다.

"보세요! 맺어진 마력 열상에 일정한 패턴이 없습니다! 살아 움직이고 있습니다! 평범한 아티펙트라면 결코 이런 마력 동조 현상이 나타나지 않죠!"

"그럼 대체……."

저놈의 정체가 뭐지?

시론은 사고가 마비되는 듯한 충격에 휩싸여 있었다.

지금까지도 신비한 놈이었지만 갓 핸드급 아티펙트의 주인이 사실이라면 궤를 달리하는 말이었다.

저 무시무시한 갓 핸드 아티펙트를 학회에 보고하고 연구 업적으로 등록만 해도 그 즉시 마도학자급의 위상을 지닐 것이다.

"그런데 루인은 지금 뭘 하고 있는 걸까요?"

"글쎄?"

시커먼 공간 속으로 팔을 집어넣은 채 한참 동안 미간만 구기고 있는 루인.

"으음……."

분명 그의 머릿속에선 마계의 엄청난 보물들이 수도 없이 떠올랐지만 막상 꺼내자니 꺼낼 물건이 별로 없었다.

쟈이로벨이 취한 전리품들의 대부분이 엄청난 진마력이

깃들어 있는 적의 사체나 그 일부다.

일전에 활용했던 혼돈마의 꼬리를 비롯하여 암흑대제의 뇌전뿔, 유황천호의 갈기털, 영혼 갈취자의 암흑날개 등.

헬라게아 속에서 지금도 피가 뚝뚝 떨어지는 선도를 유지하고 있는, 그야말로 무시무시한 모습의 생체 조직인 것이다.

인간계의 몬스터들과 비교도 할 수 없는 그런 압도적인 그로테스크를 과연 생도들이 견딜 수 있을까?

아니, 그것보다 인간계의 아티펙트라고 여기기나 할까?

그때, 루인의 그런 고민을 샤이로벨이 덜어 주었다.


-바보 같은 놈. 상위 마왕급 이상의 마족이 다루던 결전 병기라면 세계의 인과율에 제약을 받겠지만 마장 정도면 상관이 없을 것이다.


확실히 마장(魔將)급 이상의 마족부터는 제법 형태를 갖춘 마도 병기를 선호하는 편이었다.

문제는 그런 엄청난 마장들이 다루던 마도 병기를 과연 저 다프네가 감당할 수 있느냐였다.


-호오, 그게 네 선택이냐.

지이이이잉.

시커먼 공간의 아가리가 닫히자.

검붉은 관모가 루인의 손에 들려 있었다.

정사각형의 검붉은 가죽 아래, 칙칙한 빛깔의 구슬꿰미가 각각의 방위에서 기다랗게 늘어져 있었다.

유령마장(幽靈魔將)의 영관모.

사람이 쓸 수 있게 제작된 것이 맞나 싶을 정도로 커다란 관모였으나.

루인이 머리에 쓰자 천천히 크기가 줄어들며 깔끔하게 착용되었다.

마치 제왕의 면류관 같은 그 모습에, 모두가 루인을 기이하게 바라보고 있었다.

다프네가 눈살을 찌푸렸다.

"그 아공간은 뭐죠?"

다프네 역시 관모의 정체보단 루인의 아공간에 대한 궁금증이 더 큰 듯했다.

"마찬가지다. 너의 아공간 주머니와 다를 것이 없는, 그저 내 개인적인 아공간이지."

"술식을 맺은 흔적조차 없이 튀어나왔는데, 그런 게 마법사의 아공간일 리가 없잖아요!"

"내가 보유하고 있는 아티펙트 중 하나라고 해 두지."

"그런 건 들어 보지도……!"

"지금 그런 게 중요한가?"

우우우우웅-

루인의 관모, 꿰어진 무수한 구슬들이 각자의 빛을 뿌리며 가늘게 떨어 댄다.

"어……?"

그 순간, 다프네의 시야가 물결처럼 파동했다.

비틀.

거의 마나번에 준하는 탈력감.

맺고 있던 마력이 물먹은 솜처럼 어딘가로 빨려 들어가고 있었다.

그렇게 게걸스럽게 마력을 먹어 치운 루인의 관모가 더욱 붉은빛을 내며 재밌다는 듯이 빙그르르 돌고 있었다.

"마, 마력 흡수?"

마력 흡수 필드(Mana absorption Field) 마법을 품고 있는 아티펙트라니?

기겁하면서도 다프네는 다급히 모든 마력의 운용을 멈춘 후 루인과의 거리를 벌렸다.

달려가면서도 루인의 관모를 끊임없이 곁눈질로 살피는 다프네.

과연 관모로부터 뻗어 나온 붉은 마력 결계가 일정한 범위에 구축되어 있었다.

다프네가 결계의 범위를 빠져나가자.

그 즉시 수많은 술식이 현신했다.

차르르르르-

5위계 폭렬 마법, 폭풍 갈퀴의 손.

쏴아아아아-

4위계 절단 마법, 칼날 여행자의 심판.

츠츠츠츠츠-

5위계 배리어계 마법, 비탄의 수호벽.

우우우우웅-

5위계 감지계 특화 마법 오큘리스의 마력안(Oculus's Magic-eye.)

마지막으로 3위계 강화계 특화 마법, 가변 헤이스트(Variable Haste).

다프네의 주위로 피어난 다섯 개의 마법.

그런 엄청난 장면에 리리아의 두 눈이 금방 전율로 물들었다.

'메모라이징……?'

아무리 술식의 천재라고 해도, 염동력이 인간의 수준을 아득히 상회한다고 해도.

이토록 짧은 시간에 중위계 등급의 술식 5개를 한꺼번에 시전하는 건 불가능한 이야기였다.

저런 것을 구현하려면 인간을 초월한 연산력이 기본적으로 전제되어야 한다.

저 정도 동시 시전은 그 연산력의 진폭(震幅)을 가늠할 수 조차 없었다.

결국 답은 하나.

루인과의 대결을 고려한 그 순간부터 이미 모든 마법을 염두에 두었다는 뜻.

물론 그래 봤자 고작 한 시간여다.

그 짧은 시간 동안 미리 치밀하게 저 모든 마법들을 심상 속에 메모라이징을 해 둔 것.

하지만 비록 메모라이징을 해 두었다고 해도 순식간에 구현해 낼 수 있는 저 압도적인 마력과 술식 발현법은 실로 놀라운 것이었다.

물론 놀라움은 거기서 그치지 않았다.

대인 공격 마법인 '폭풍 갈퀴의 손'과 '칼날 여행자의 심판'으로 적을 공격한다.

'오큘리스의 마력안'으로 적의 마력과 움직임을 감지하며.

그럼에도 적이 감지를 따돌리고 공격을 해 온다면 '비탄의 수호벽'으로 악착같이 막아 낸다.

배리어 마법으로 막아 내지 못하는 최악의 경우는 언제든지 전장에서 내뺄 수 있게 헤이스트로 대비한다.

그 와중에도 가변(Variable) 술식으로 마력을 아끼는 치밀함.

이런 엄청난 술식 조합을 처음부터 대비하고 있었다는

것이 리리아는 도저히 믿기지가 않았다.

그때.

ㅅㅅㅅㅅㅅㅅㅅ-

다프네가 펼쳤던 폭풍 갈퀴의 손과 칼날 여행자의 심판이 루인의 결계막에 닿은 순간 흔적도 없이 바스라졌다.

마법이 품고 있는 마력이 모조리 와해되거나 흡수되어 사라져 버린 것이었다.

이어 대마법 전투장의 허공에 리리아에게 익숙한 기운들이 두둥실 떠올랐다.

루인의 잿빛 마나볼.

당시에는 당황스러워서 마력의 결을 느끼지 못했지만 침착하게 바라보니 이제야 그 위력을 확실하게 읽을 수 있었다.

3위계 수준의 원소계 공격 마법.

그런데 잔풍계?

지금은 확신할 수가 없다.

순간, 루인의 마나볼이 기다랗게 찢어지며 무수한 창날로 변해 버렸다.

"아……?"

잿빛이 아니다.

투명한 마력 칼날.

수도 없이 반짝이는 칼날들이 은은한 달빛에 의해 잔혹하게 드러났다.

쏴아아아아아아-

일시에 쏟아진다.

그것은 마치 마력의 비(雨).

역설적이지만 그 모습은 아름다웠다.

교교한 월광 아래, 칼날비가 환상처럼 다프네를 짓쳐 간다.

커다란 마력 눈동자, 오큘리스의 마력안이 제 임무를 한 번해 보지도 못하고 그대로 산화된다.

푸르스름한 마력 보호막, 비탄의 수호벽에서 벌떼가 우는듯한 소음이 울려 퍼진다.

촤촤촤촤촤촤촤!

5위계 배리어계 마법 비탄의 수호벽의 방어력은 비록 강력했지만, 안타깝게도 마력 칼날의 수가 너무 많았다.

쩌저저저적-

순식간에 금이 가기 시작했고.

다프네의 두 눈이 동그랗게 떠진 그 순간.

"피, 피해!"

"다프네!"

생도들의 급박한 외침.

다프네가 온몸에 헤이스트를 받아들이고 다급히 피할 곳을 살폈으나.

쏴아아아아아-

비탄의 수호벽이 막아 내지 못한 모든 방위에서 투명한 마력 칼날이 쏟아지고 있었다.

'위!'

그렇게 다프네가 도약을 선택했을 때.

그녀의 주변이 어두워진다.

펄럭펄럭-

생도복을 휘날리며 달빛을 막아선 자.

다프네의 얼굴이 처참하게 일그러진다.

부우우우우웅!

그녀는 끌어낼 수 있는 마력을 극한까지 끌어올렸고.

끝까지 숨겨 온 권능, 진정한 6위계의 힘을 마침내 개방했다.

6위계 확산계 마법, '화염 거인의 진노'의 복잡한 술식이 허공에 그려질 무렵.

탁-

갑작스럽게 땅에 떨어진 붉은 관모.

'응?'

맺고 있던 마력이 또다시 급격하게 빠져나가기 시작했다는 걸 인지한 그 순간.

빠아아아아악!

안면부의 엄청난 고통을 느낄 새도 없이, 다프네는 사정없이 벽 쪽으로 처박혀 버렸다.

푸스스스스스·······.

자욱하게 일어난 먼지 사이로 루인이 천천히 걸어 나오고 있었다.

멍하게 입만 벌리며 그 모습을 바라보고 있는 생도들.

"자, 잠깐? 이건 사람을 때린 소리 같은데?"

"꺄아아악! 다프네 님!"

슈리에가 경악하며 달려간다.

벽에 처박혀 있는 다프네.

이미 혼절한 듯, 그녀의 몸은 축 늘어져 있었다.

"아? 이런 미친 놈!"

시론이 살아 있는 괴물을 보듯이 루인을 쳐다본다.

진짜 저 아름다운 다프네를 때렸다고?

아니 그것보다 녀석이 마법사가 맞긴 한 건가?

"아."

리리아가 그제야 정신을 차렸다.

마법사의 모든 상식이 부정되는 장면에서 드디어 깨어난 것이다.

루인이 유령마장의 영관모를 다시 주워 들며 무심하게 말했다.

"한심하군. 전부 한 방 감이잖아?"

그제야 맞은 배가 다시 욱신거리기 시작한 시론.

리리아 역시 수치스러움에 몸을 떨며 이를 깨물었다.

"이런 실력으로 무투대회에 참가하겠다고?"

순간 루인의 두 눈이 진한 의문을 드러냈다.

"혹시 아카데미의 상급자들도 이렇게 약한 건가?"

부들부들.

시론과 리리아가 한참이나 선 채로 몸을 떨고 있었다.

다프네의 정신을 깨운 것은 얼굴이 짓이겨지는 듯한 고통도 패배의 쓰라림도 아니었다. 오직 뇌리를 가득 채우고 있는 의문이었다.

'…….'

차분하게 생각을 확장한다.

질 거라는 건 충분히 예상한 상태.

상대는 루인, 아니 그저 인간을 흉내 내고 있는 세계 최강의 지성체였으니까.

하지만 뭔가 이상했다.

그들을 나타내는 가장 근원적인 단어는 격(格).

절대적인 용언(龍言).

인간의 지혜로는 도저히 헤아릴 수 없는 마법 술식.

인간이 닿을 수 없는 머나먼 곳, 격을 달리하는 초월자의 기품, 그런 고아한 권능을 철저하게 느끼게 해 주는 것.

그것이 자신이 아는 드래곤, 마도서가 기록해 온 위대한 존재들의 특성이었다.

하지만 저 존재는…….

지극히 혼란스러운 심정으로 루인을 바라볼 수밖에 없는 다프네.

후, 다시 차분하게 복기해 보자.

첫 번째는 시론과의 대결.

맹렬한 몸놀림으로 상대의 배에 주먹을 꽂아 버린다.

마도(魔道)를 상대하는 단 일격.

마법사라기보단 기사에 가까운 행동이다.

두 번째, 리리아.

고작 '마력 필드'라 주장하는 절대봉쇄주문, 이어진 '정신주박주문'에 가까운 슬립 마법.

그런 압도적인 드래곤의 초고위 마법을 고작 3위계 마법사 리리아를 상대하는 데 활용한다.

세 번째가 가장 충격적이었다.

그가 아공간에서 꺼낸 관모부터가 터무니없었다.

'대마력 흡수 필드'라는 상상도 할 수 없는 권능.

'서리의 입김'으로 인해 4배가량이나 증폭된 자신의 마력을 순식간에 무용지물로 만들어 버리는 정신 나간 아티펙트였다.

그런 초고위 대규모 필드 마법을 상시적으로 유지할 수 있는 아티펙트란 들어 보지도 못했다.

직접 경험하지 않았다면 도저히 믿지 못했을 지경.

더욱이 그 후에 보인 루인의 행동은 더 충격적이다.

느껴졌던 마력의 결은 분명 3위계, 그것도 뇌격계로 보이는 원소 마법이었다.

문제는 그 양.

루인의 투명했던 마력 칼날은 그야말로 셀 수조차 없었다.

아무리 3위계 마법이라고 해도 무슨 수천 개 단위로 펼친다는 게 말이나 되나?

도대체 마력이 얼마나 많길래, 아니 그보다 수천 개의 술식에 필요한 터무니없는 연산력부터가 상식적이지 않았다.

설령 드래곤이라고 해도 그렇지 이건 너무 터무니없는 수준이 아닌가?

게다가 더 황당했던 건…….

결정적인 순간에 바닥에 떨어졌던 그의 관모다.

가치를 가늠할 수 없는 그런 초월적인 아티펙트를 일말의 망설임도 없이 바닥에 던져 버리다니?

그것은 수천 개의 마력 칼날보다 더한 충격이었다.

사람은, 아니 마법사는 아티펙트를 경원하며 소중하게 여긴다.

마법사가 지닌 관념상 도저히 할 수 없는 행동.

이렇듯 그의 대마법 전투를 자세히 복기하면 할수록 그의 전투는 너무 극단적이었다.

최적의 움직임으로 한 방에 상대를 무력화시키거나, 압도적인 마법으로 단숨에 제압해 버린다.

승리를 위해서라면 초월급 아티펙트를 던져 버리는 행동도 마다하지 않으며.

레이디의 얼굴에 주먹을 날려 버리는, 인간 세계의 규범이나 상식 따위도 전혀 고려하지 않는다.

저런 존재가 드래곤, 마법의 조종(祖宗)이라고?

"앗!"

축 늘어진 채 눈만 멀뚱멀뚱 뜨고 있는 다프네를 드디어 시론이 발견했다.

"모, 몸은 괜찮나?"

"괜찮아요."

다프네가 일어났다.

푸스스스스-

벽의 잔해가 흘러내릴 만큼 강력한 충격.

다프네가 비틀거리며 루인에게 다가갔다.

루인이 특유의 무심한 눈빛으로 그녀를 응시하고 있었다.

"그 와중에 마력 실드를 펼쳐 어느 정도는 몸을 보호한 모양이군. 훌륭하다."

사람을 이렇게 병신으로 만들어 놓은 주제에 칭찬이라니.

다프네는 마치 플라스크 안의 실험물이 된 기분이었다.

"앞으로는 그렇게 메모라이징을 과도하게 활용하진 말도록. 위기 상황에서 활용하는 것까진 어쩔 수 없다지만, 그게 버릇이 된다면 실질적인 실력 향상에는 그다지 도움이 되지 않아."

누가 그걸 모르나?

메모라이징 마법은 상황을 가정하여 펼치는 것이기 때문에 전투의 복잡한 변수에는 대응할 수가 없다.

전투 환경에서의 임기응변 능력이 줄어들게 되는 것이다.

그럼에도 다프네가 무리하게 메모라이징을 활용했던 건 상대가 드래곤이었기 때문.

그때, 시론이 홀린 듯한 눈빛으로 다시 루인을 쳐다봤다.

"넌 도대체 뭐지……?"

입탑 마법사, 현자의 수제자 다프네를 이렇게까지 손쉽게 상대하다니!

직접 보지 않았다면 결코 믿지 못했을 상황이다.

갓 핸드급 아공간의 주인.

정신 마법에 필적하는 슬립 마법.

게다가 뭐? 절대봉쇄주문?

더 황당한 것은 경지를 가늠할 수조차 없는 그의 강력한 체술.

그 하나만으로도 그는 마법사의 모든 상식이 부서지는 전투를 구현해 내고 있었다.

이런 건 생도 수준이 아니다.

지금 그가 지니고 있는 능력들 중 하나만 제대로 드러난다고 해도 아카데미가 발칵 뒤집어질 일.

루인은 그런 시론을 향해 빙그레 웃고 있었다.

충분히 예상했던 반응.

자신의 전투 방식은 마법사의 고아함과는 거리가 멀었다.

동료들과 적의 피로 얼룩진 전장.

그런 곳에서 수도 없이 죽고 되살아나며 쌓아 올린, 오로지 상대를 죽이기 위해 구축된 대인 살상용 전투 방식이다.

아무리 상대가 약해도 얕보지 않는다.

적어도 전투에서만큼은 만약을 위해 힘을 대비하거나 전략을 위해 뒷걸음치지 않는다.

최선의 선택, 최적의 동선, 최고의 방식으로 적과 마주한다.

생각하고 망설인 결과는 언제나 참혹했으니까.

이런 자신의 방식은 생도들의 짧은 경험으로는 쉽게 감당할 수 없을 것이다.

"……."

일부러 충격을 받으라고 보여 주었다.

정말로 자신과 친구가 되고 싶다면 흑암의 공포가 살아온 흔적에 고개를 돌리지 말아야 한다.

고작 이 작은 감흥조차 감당하지 못할 거라면 여기까지가 인연의 끝이라는 마음으로 루인은 그렇게 서 있었다.

"어떻게 하면 너처럼 될 수 있지?"

끝없이 투명한 눈빛을 빛내고 있는 리리아.

단순한 호기심 정도가 아니다.

욕망과 열망을 넘어선, 그야말로 초월적인 의지가 엿보인다.

이제 그녀에게는 아카데미나 무투대회 따윈 아무런 의미도 될 수 없었다.

"지금처럼만 하면 된다."

"지금처럼?"

루인이 달빛 아래 자신의 마력을 흩뿌렸다.

"닿고 싶은 곳이 생겼다면 멀어지지 않는 건 언제나 좋은 선택이지."

루인의 마력이 신비로운 물결을 그리며 천천히 사방으로 퍼져 나간다.

"넌 귀족인가?"

시론에겐 이것이 중요한 듯 보였다.

신분에 신경 쓰지 않는 척, 구애받지 않는 척하면서도 그는 내심 루인이 귀족이길 바라는 눈치였다.

"그것이 너의 관계를 결정하는 주요 요인인가?"

루인이 세베론을 쳐다봤다.

"역시 그래서였군. 저 녀석의 존댓말을 굳이 내버려 둔 이유가. 같은 귀족이 아니라면 나와 동등할 수 없다는, 그런 치기를 나는 용납하지 않아."

"그, 그런 게 아니다!"

루인이 피식 웃었다.

"너의 측근들 말이지. 마치 군사 조직 같은 행동 양식을 보이더군. 주인을 향한 충성. 너의 관계란 것이 아카데미의 졸업 이후를 바라보고 있다는 증명이지."

"아니! 난……."

대마법 전투장을 가득 메운 루인의 마력이 천천히 술식으로 맺히기 시작했다.

"조급하군. 무엇이 널 급하게 만들지? 현자의 손자, 마도명가의 촉망받는 마법사. 거기에 아카데미의 인재들을 얹는다면 뭔가 더 달라질 거라 믿고 있는 건가?"

츠츠츠츠츠츠-

루인의 술식으로 맺어진 미지의 마법이 대마법 전투장의 모든 마법의 흔적들을 지우고 있었다.

이제 어떤 고위 마도 추적자가 살핀다 해도, 마력의 잔재를 통해 이곳에서 벌어졌던 전투를 유추해 낼 수는 없을 것이다.

"네가 구축하고 싶은 인재의 테두리에 리리아를 넣고 이 나마저 넣는다고 해도 스스로 달라지지 않는 이상 바뀌는 것은 아무것도 없다."

"……."

지녀 왔던 마음을 들키자 시론은 더 이상 말을 잇지 못했다.

"너는 내가 '시론의 측근 루인'이 될 수 있을 거라 생각하나?"

그 순간 시론은 벼락에 관통당한 듯한 심정이었다.

"저 리리아는?"

그렇게 시론은 불가능하다는 것을 깨달았다.

루인과 리리아는 자신에게 원하는 것이 없었다.

그들은 자신의 측근 생도들처럼 마도명가의 후광을 바라지도 출세를 염원하지도 않았다.

"너와 나의 관계가 시론의 루인, 루인의 시론이라면 흔쾌한 마음으로 받아들이지. 그럴 생각이 아니라면……."

루인의 마력이 일시에 잦아들었다.

은은한 달빛만이 전투장을 드리우고 있었다.

"지금까지의 모든 일들을 잊고 여기서 꺼져라."

시론은 선 채로 굳어 버렸다.

자신을 바라보고 있는 루인의 눈빛.

살을 에는 듯한 그의 무감한 감정이 자신의 온 마음을 갈기갈기 찢고 있었다.

마치 사람을 보고 있는 것이 아니라 무생물을 바라보는 듯한 눈빛.

그의 두 눈엔 마땅히 있어야 할 인간의 인격이 말살되어 있었다.

어떻게 사람에게 저런 눈빛이 가능한 거지?

루인이 리리아를 다시 응시했다.

"물론 너희들에게 모두 보여 준 건 아니다. 너는 이런 내 곁에서 정말 끝까지 멀어지지 않을 생각인가?"

리리아가 한 치의 망설임도 없이 크게 고개를 끄덕인다.

"응."

희미하게 웃던 루인이 다프네에게 시선을 옮겼다.

"너 역시 내 뒤나 캐고 싶은 얄팍한 마음이라면……."

"당신에게서 멀어지고 싶은 생각…… 추호도 없어요. 얄팍한 마음 같은 것도 이미 모두 버렸죠."

루인이 눈빛에 기이함이 물들 무렵.

"다프네 알렌시아나. 그대의 곁에 언제나 서 있겠어요."

달빛 아래 서 있던 다프네는, 서리의 입김을 높이 들어 자신의 마도를 허공에 그렸다.

그것은 마법사의 맹약(盟約).

마법사로서 결코 가볍지 않은 무게의 의식이었다.

"전……."

루인의 차가운 시선을 느끼며 슈리에는 리리아를 바라보고 있었다.

애초에 그녀가 1년간의 보결 생도를 자처했던 건 모두가 저 리리아를 만나기 위함이었다.

하지만 저 리리아가 루인과 함께하기로 한 이상, 이제 1년간의 마법 생도 생활은 진즉에 깨어진 것이나 다름없었다.

무엇보다 슈리에 역시 마법사.

루인이 보유한 미지의 마법, 무시무시한 그의 마도를 향해 매료되어 버렸다.

슈리에가 리리아를 보며 웃었다.

"네. 저 역시 리리아와 같아요."

무심하게 고개를 끄덕이고 있던 루인에게 세베론의 질문이 이어졌다.

"너의 체술. 배우길 원한다면 가르쳐 줄 순 있는 거야?"

혈주투계는 진마력을 이해하지 않고서는 배울 수 없었다.

무엇보다 인간의 모든 원념과 증오, 공포를 초월하는 혈주신(血珠身)이 전제되어야 했다.

"나의 체술은 가르칠 수 없다."

다소 실망한 듯한 세베론의 표정.

"하지만 비슷한 건 가르칠 수 있지."

"비슷한?"

"적어도 그 허약한 몸뚱이를 강철처럼 단단하게 만들 정도는 될 거다."

루인의 머릿속에 있는 체술은 수도 없이 많았다.

특히 오백 년 전의 권왕 테셀의 수련법은 이미 많은 무투가들이 따라 익히고 있었다.

바람의 대행자 시르하 역시 권왕 테셀의 수련법에 많은 영감을 받아 초인의 경지를 이룩해 낸 동료였다.

"나도 가르쳐 다오."

무투가나 기사의 몸놀림 앞에 마법사가 얼마나 무력해질
수 있는지 처절하게 깨달은 시론.

시론이 세베론을 향해 단호하게 말했다.

"세베론. 이제 그 바보 같은 경어(敬語)는 집어치워라."

"가, 갑자기 그게 무슨 말이에요?"

시론과 그의 측근들은 함께 완성해야 할 목표가 있었다.

어쩐지 시론은 지금까지의 모든 목표를 정리하고 새로운
꿈을 받아들인 듯했다.

"내게도 가르쳐 줄 수 있나?"

루인이 웃었다.

"물론이다. 시론."

그때.

"아으…… 아우우……!"

교교한 달빛 아래.

벙어리 낙제생 루이즈가 환하게 웃으며 흩날리는 마력을
어루만지고 있었다.

생도들은 그것이 방금 전 루인이 떨쳐 냈던 마력이라는 것
을 단숨에 알아보았다.

"어? 술식은 사라졌는데?"

"도, 동조 감응?"

과거, 루인의 마력에 '동조 감응'을 하려고 했던 현자 에기
오스마저 강력한 반발력에 의해 튕겨 나갔었다.

그만큼 루인의 마력은 독특하기 그지없었다.

적요(寂寥)하는 마법사.

침묵의 심판관 루이즈.

그런 루이즈를 바라보는 루인이 환하게 웃고 있었다.

"너희들이 배워야 할 대상은 나뿐만이 아니야."

Chapter. 23

한 인간의 선입견은 공고하다.

하지만 그런 선입견이 붕괴되기 시작하면 어떤 믿음보다 더 쉽게 무너진다.

"하아…… 하아……."

터질 듯이 부풀어 오른 심장.

의식을 무너뜨릴 지경까지 차오른 숨.

리리아는 믿을 수 없었다.

고작 달리는 것뿐이었다.

한데 그런 달리기 따위가, 고절한 마도로 단련해 온 마법사의 의식을 무너뜨릴 정도로 힘겹다고?

평소 바보 같은 기사들의 수련을 비웃고 살아온 리리아에게 있어서 이보다 더한 충격은 없었다.

육체의 고통이 인간의 정신을 이토록 좀먹을 줄이야!

"하윽……."

마치 폐부가 찢어지는 것만 같다.

식도로부터 비릿한 맛이 올라왔으나 뱉어 닦아 보니 피는 아니었다.

척척-

또다시 루인이 앞서 뛰어갔다.

몇 바퀴를 따라잡혔는지 더 세는 건 이제 의미가 없었다.

처음엔 따라잡히기 싫어서 필사적으로 뛰었다.

그러나 그런 강렬한 의지도 나약한 육체에 의해 얼마나 무기력해질 수 있는지를 처절하게 깨달았다.

"아……."

비틀.

리리아가 다리에 힘이 풀리며 주저앉아 버렸다.

평소대로라면 악착같이 눈을 빛내며 일어나야 했지만 그녀는 그럴 수 없었다.

포기하면 편하다고 했던가.

그런 나약한 마음은 찰나에 불과했으나 그 순간 온몸의 모든 힘이 풀려 버렸다.

리리아의 뒤에서 간신히 버티고 있던 다프네와 슈리에도

주저앉았다.

그녀들 역시 창백해진 얼굴로 연신 숨을 몰아쉬며 고통스러워하고 있었다.

"하아…… 하아…… 저도… 더 이상은…….."

"아…… 진짜 죽을 거 같아요."

달리기 선배(?)였던 시론과 세베론은 그 후로도 몇 바퀴를 더 뛰었다.

하지만 그들 역시 루인과 끝까지 함께 뛰지 못한 건 마찬가지.

새벽녘의 어스름이 물러가고 붉은 태양이 떠올랐을 때 루인의 달리기는 끝이 났다.

루인 일행은 곧바로 식당으로 가서 식사를 했고.

평소의 두 배가 넘는 양으로 배를 채운 뒤에야 다 함께 실험실에 모일 수 있었다.

생도들이 도착했을 땐 이미 루인은 이미지 자세를 취한 채 심상에 빠져든 상태였다.

시론이 질린다는 듯한 얼굴을 했다.

"어떻게 저럴 수가 있지?"

잠시 쉴 만한데도 루인에겐 그런 작은 여유조차 없었다.

루인의 일과와 함께한 지 이제 고작 1일 차.

앞으로의 고난이 생생하게 머릿속에 그려지자 세베론이 기다랗게 한숨을 내쉬었다.

"후, 에라이 모르겠다."

세베론이 이미지 자세를 취하자 다프네와 리리아도 함께 앉았다.

시론도 심상에 빠져들었다.

당연히 그의 이미지는 어제 있었던 대결의 복기.

그것은 다프네와 리리아도 마찬가지여서, 그들은 금방 심상에서 깨어나며 불만을 터뜨렸다.

"아니 진짜 이해가 안 되네."

처참하게 얼굴을 구기고 있는 시론.

리리아 역시 씁쓸한 표정이었다.

"아무리 복기해 봐도 이건 상식적이지가 않아."

다프네라고 다를까.

"그 무식한 움직임과 아티펙트는 그렇다 쳐요. 마법사답게, 그냥 마법만 살펴보자구요."

다프네는 다른 건 다 이해할 수 있었다.

하지만 수천 개의 마력 칼날.

이 하나만큼은 아무리 드래곤이라고 해도 불가능한 것이었다.

이건 가능과 불가능을 가늠하기 이전에 마법이라는 학문이 지닌 한계의 문제였다.

"일정 수준의 연산력과 염동력을 갖추면 더블 캐스팅, 뛰어나면 트리플 캐스팅도 가능하죠. 심지어 쿼드 캐스팅을 활용하는 고위 마법사를 본 적도 있어요."

"쿼드(Quad)? 정말이야?"

시론의 질문에 리리아도 의문을 보탰다.

"이론상으론 가능하다지만 그걸 직접 구현해 낸 마법사는 없을 텐데?"

다프네가 천천히 고개를 주억거렸다.

"에즈락 님. 제가 마지막으로 마법학회에 참가했을 때, 그분의 쿼드 캐스팅을 분명 똑똑히 보았어요."

"에즈락?"

"알칸의 지혜!"

알칸 제국이 보유한 최강의 현자.

현시대의 가장 위대한 대마법사, '알칸의 지혜' 에즈락이 다프네의 입에서 언급되고 있었다.

세베론이 홀린 듯이 중얼거렸다.

"확실히…… 그분이라면 가능할지도."

생도들은 하나같이 경외의 눈빛을 했다.

그만큼 마법의 세계에서 에즈락이라는 이름이 갖는 파괴력은 엄청났다.

하지만 분위기는 금방 어색해졌다.

마도(魔道)의 한계라는 쿼드 캐스팅.

그런데 생도들이 어제 본 것은…….

3위계로 짐작되는 마력 칼날 수천 개였다.

루인이 천천히 눈을 떴다.

"무슨 소리를 하는지 모르겠군."

우우우웅-

또다시 루인의 잿빛 마나볼이 허공에 떠올랐다.

"심상과 염동으로 마력회로를 맺은 후."

츠츠츠츠-

그 순간 마나볼이 두 개로, 네 개로, 여덟 개로 분화되고 있었다.

"파동입자의 이중성과 다변성을 활용한다면 얼마든지 개체는 분화할 수 있지."

"뭐……?"

여덟 개의 마나볼이 열여섯 개로, 서른두 개로 쪼개어진다.

"자, 잠깐! 마, 말도 안 돼!"

시론이 벌떡 일어나며 몸을 떨고 있었다.

그로서는 이런 건 듣지도 보지도 못했다.

순간 경악하는 다프네.

"이것은 설마…… 헤이로도스……?"

이제 마나볼은 수백 개로 쪼개어져 실험실을 부유하고 있었다.

"그래. 이건 고대의 마법사 헤이로도스가 구사했던 '술식 변환'의 변형이다."

본디 복잡한 술식으로 한번 맺은 마법은 절대 다른 마법으로 치환될 수 없었다.

한번 캐스팅한 '파이어볼'이 순식간에 '라이트닝 쇼크'로 변할 수 있다?

마력을 치환하는 방식, 술식의 구성, 회로 구현법이 완벽하게 다른데 어찌 그것이 가능하단 말인가?

그래서 술식 변환(術式變換)은, 헤이로도스기의 백마법 총론에서 분명 다루고 있지만 전설 혹은 이론상의 마법 경지였다.

"그럼 지금 이 무수한 마나볼들이 단 한 번의 캐스팅으로 일궈 낸 마법이라는, 그러니까 단지 개체를 분화한 것이라구요?"

다프네의 질문에 묵묵히 고개를 끄덕이는 루인.

"아……."

헤이로도스의 마법, 그것도 술식 변환까지 구현해 낸 마법사는 인류의 역사를 통틀어 한 손에 꼽을 정도였다.

그들은 하나같이 역사상 가장 위대했던 마법사로 칭송받아 왔다.

그들이 남긴 위대한 족적에 조금이라도 다가서기 위해 지금도 전 세계의 마탑들이 뼈를 깎는 노력을 하고 있다.

그런 위대하고 전설적인 마법사의 역량을 지금 눈앞에서 마주하고 있는 것이었다.

"사실 술식 변환이라는 말에는 어폐가 있다. 단어를 잘못 골랐어. 실제로는 파동 변환에 가깝다."

"파, 파동?"

"술식 변환을 확정 짓는 근사법을 살펴보면 그 중심엔 언제나 마력 파동이 있다. 파동의 특정 상수들, 확률론적 성질, 초과 왜곡, 외력 궤도 등 이 모든 것들이 마력 파동과 직간접적으로 엮여 있다. 그래서 마력 파동을 보다 깊이 이해하면―"

그 순간, 수백 개로 분화되어 있던 마나볼이 순식간에 한 점으로 모이더니 이내 타오르기 시작한다.

화르르르르-

그러다가 얼음창으로 변한다.

츠츠츠츠츠-

그리곤 뇌전으로.

지지지지직-

다시 화염으로 변했을 때 루인의 입이 다시 열렸다.

"이런 것들이 가능하지."

한참 동안 멍하게 굳어 있던 시론이 억울한 표정으로 역정을 냈다.

"너, 너무하잖아 이건!"

루인은 무슨 간단하다는 듯이 말하고 있었다.

하지만 헤이로도스라는 전설적인 마법사의 단면이란 생도들 수준에서는 너무 복잡다단하고 형이상학적인 것이었다.

"그럼 이게 그 말로만 듣던 '구유(九幽)의 불'인가?"

리리아가 묘한 눈으로 루인의 화염구를 응시하고 있었다.

헤이로도스의 대표적인 마법 구유의 불.

한데 마도서가 묘사하고 있는 모습과는 너무나도 달랐다.

"왜 아무런 색이 없는 거지?"

분명 타오르고 있다.

열기도 확연하게 느껴진다.

한데 으레 화염이 갖춰야 할 색(色)이 없었다.

이 정도로 강한 열기라면 지독히 푸르거나, 하다못해 붉은 기운이라도 머금고 있어야 했다.

그러나 루인의 마법은 마나볼이 지닌 잿빛을 제외하면 다른 모든 마법에 아무런 색이 없었다.

"그건 나도 모르겠다."

루인의 그 말은 거짓이 아니었다.

흑마법과의 융합 마력이 그 이유라고 짐작하고는 있었지만 루인은 확신할 순 없었다.

"이해되지 않는 것이 있어요."

루인이 다프네를 바라본다.

"말해."

"그 수천 개의 마력 칼날이 각각 캐스팅된 마법이 아니라 단순한 분화(分化)였다면 말이 안 되는 게 하나 있어요."

루인이 희미하게 웃었다.

"위력을 말하는 건가?"

"네."

3위계의 마력 칼날 하나가 수천 개로 불어난 거라면 각각의 위력은 현저하게 떨어져야 했다.

하지만 루인의 마력 칼날은 5위계 배리어 마법, 비탄의 수호벽을 무참하게 깨뜨렸다. 이론상 말이 안 되는 것이다.

"이건 그냥 나중에 직접 보여 주는 게 맞겠군."

"나중에요?"

"난 리쿼르 측정기가 없다."

루인의 그 말에 다프네의 얼굴이 환해졌다.

"저, 입탑 마법사예요."

지이이이잉-

다프네가 술식을 맺자 그녀의 아공간이 또 한 번 현신했다.

아공간을 빠져나온 작은 상자.

이내 그녀가 특정 버튼을 누르자 기묘한 빛깔의 수정구가 상자 위로 불쑥 튀어 올라왔다.

마력을 가늠하는 마도구, 리쿼르 측정기였다.

"지금 그 구유의 불로 하시겠어요?"

"상관없다."

다프네가 리쿼르 측정기의 수정구로 구유의 불을 가늠하자.

순간 상자의 중심에 있던 게이지가 미친 듯이 치솟았다.

"3만……?"

"뭐, 뭐라고?"

"미친!"

생도들 모두가 입을 떠억하니 벌리고 있었다.

리리아는 리퀴르 게이지가 실제로 만 단위로 치솟는 것을 처음 보았다.

이 정도라면 고위 마법사 수준을 상회하는 수준.

다프네가 눈을 썻고 다시 구유의 불을 자세히 바라본다.

느껴지는 술식의 결은 분명한 3위계.

한데 가리키고 있는 게이지는 3만.

이 미친 괴리를 그녀의 상식으로는 도저히 이해할 수 없었다.

"어, 어떻게 이게 가능한 거죠?"

마신의 핵(核), 오드로 완성한 루인의 마나홀.

지금에 이르러 루인의 융합 마력은 마계의 진마력과 거의 흡사한, 아니 어쩌면 더한 위력을 내뿜고 있었다.

"가진 마력을 해석하라고 말한다면 어떤 마법사가 할 수 있지? 넌 네가 품고 있는 마력을 설명할 수가 있나?"

"아, 아니 그래도 이건 너무…….''

역시, 드래곤이라는 건가.

그렇게 다프네가 가득 입술을 깨물고 있을 때 리리아의 냉랭한 목소리가 들려왔다.

"······너."

여느 때보다 차가운 리리아의 눈빛.

"네 마법들, 너의 그 마력······ 다시는 누구에게도 보여 주지 마."

루인은 리리아가 무엇을 걱정하는지를 충분히 알고 있었지만 그래도 묻고 싶었다.

"왜지?"

"너, 누가 봐도 비정상이다. 우리 나이에 너 같은 마법사는 들어 본 적도 없어."

"그래서?"

리리아의 눈빛이 어두워졌다.

"인재? 천재? 이건 그런 수준이 아니야. 마탑에서 널 연구하려 들 거다. 마탑의 마도학자들이 이런 희귀 사례를 그냥 지나칠 리가 없다."

어브렐가의 일원으로 살았기에, 새로운 것을 탐구하려는 마도학자들의 갈망이 얼마나 끈질긴지를 리리아는 누구보다 잘 알았다.

루인의 진면목을 마주한 마탑이 저지를 짓은 너무나 뻔했다.

"게다가 귀족들도 문제다. 고작 무등위 생도 따위가 지닌 힘이 이 정도라면 그 미래를 가늠할 수조차 없다. 서로 차지하려고 혈안이 되겠지."

"……."

"차지할 수 없다면 부숴 버리는 것이 귀족의 논리. 넌 앞으로 어떤 일이 있어도—"

"그만. 됐다."

어느덧 루인이 환하게 웃고 있었다.

그가 리리아의 머리를 헝클었다.

"괜찮다. 리리아."

◆ ◈ ◆

"마나를 느끼는 감각, 회로 구현력, 술식 연산력, 고유 염동력…… 이렇듯 마법사의 재능을 가늠하는 기준은 한 가지로 특정할 수가 없어요. 어느 한 분야에서 특출한 재능을 보인다고 해도 나머지가 불안정하면 상승의 단계로 나아갈 수 없죠."

헬렌 교수의 눈빛이 따뜻한 빛을 머금었다.

무등위 마법 생도들.

닳을 대로 닳아 버린 등급 생도들을 가르칠 때와는 확실히 다른 수업 태도를 보여 준다.

지루한 마도학 개론 수업을 이렇게 생동감 있는 표정으로 들을 수 있는 생도들은 역시 무등위 생도들뿐일 것이다.

"사람에겐 한계가 있어요. 어느 한 분야는 반드시 모자라기 마련이죠. 여러분들도 출신 마을에서는 엄청난 재능으로 칭송받다가 아카데미만 오면 낙제생이 되는 친구들을 많이 보셨을 거예요. 지금 여기에도 성적이 간당간당한 생도들이 많겠죠?"

헬렌 교수의 그 말에 몇몇 무등위 생도들의 표정이 어둡게 변했다.

왕립 아카데미, 그것도 마법학부에 입학한다는 건 그야말로 꿈같은 일.

온갖 칭찬을 받으며 마법학부에 입학했지만 확인한 건 자기 자신의 한계.

이 르마델 왕국에 천재는 너무나 많았고 이번 기수는 특히나 더 심했다.

등급 생도로 진급할 수 있는 정원은 칼같이 정해져 있는 상황.

지푸라기를 잡는 심정으로 버티고는 있지만 2학기에도 학점을 채우지 못한다면 낙제 유급, 심하면 낙제 퇴교가 기다리고 있었다.

유급으로 버텨도 문제인 것이, 유급 생도가 되면 더 이상 왕국이 지원하는 학비를 받을 수 없게 된다.

대부분이 평민인 생도들로서는 그 천문학적인 학비를 감당할 수 없어 결국에는 퇴교로 내몰리게 되는 것이다.

"여러분들이 제 수업을 청강하는 이유는 아마도 제가 생도들에게 학점을 후하게 주는 편이라는 소문을 들었기 때문일 거예요. 하지만 현실은 소문과 많이 다를 거랍니다."

그 순간 교실 내부에 차가운 정적이 휘몰아쳤다.

그녀의 말대로 의자가 모자라 선 채로 청강하고 있는 생도들로 바글바글할 만큼, 마도학 개론의 수업은 큰 인기를 끌고 있었다.

학점에 대한 절박함 때문.

분명 선배들로부터 전해 들었던 정보에 의하면 헬렌 교수는 점수가 후한 편에 속하는 관대한 교수였다.

한데 갑작스런 헬렌 교수의 선언 때문에 생도들은 하나같이 멍해지고 말았다.

"이제 한층 보기 더 좋아졌네요. 긴장감으로 가득한 그런 눈빛들. 역시 무등위 생도는 무등위다워야죠. 다만—"

헬렌 교수가 칠판에 커다랗게 글씨를 썼다.

『자유.』

"전 자유로운 토론을 좋아해요. 여러분들이 의견을 개진하고 싶을 땐 언제든지 자유롭게 발언해도 좋아요. 손을 들지 않아도 된다는 뜻이에요. 제가 질문하는 생도를 참 좋아하거든요."

무등위 생도들은 헬렌 교수의 성향을 즉각적으로 받아들였다.

흥미로운 질문을 하는 생도들을 눈여겨볼 확률이 높을 것이다.

후한 점수는 따라오는 덤일 테고.

헬렌 교수가 다시 찬찬히 생도들의 눈빛을 훑어보았다.

적당한 긴장감.

간절한 눈빛들.

그녀는 이제야 좀 교단에 서 있는 기분이 들었다.

"자, 그럼 시작해 봅시다. 마도학 개론. 거창하죠? 하지만 마도란 명확하거나 구체적인 개념을 덧씌울 수 없는 단어예요. 한마디로 정의하기 힘들단 뜻이죠. 그럼에도 이 교수는 여러분들께 묻고 싶네요. 마법사의 마도(魔道)란 무엇일까요?"

그 말이 떨어지기가 무섭게 교실의 뒤편에 서 있던 무등위 생도들 중 하나가 입을 열었다.

"마법사가 스스로를 인식하는 주관론적 관념, 혹은 냉철하게 마법을 바라보는 분석적 태도, 그런 모든 과정의 체험을 말합니다."

헬렌 교수의 두 눈에 작은 이채가 일었다.

마도를 저렇게 단정적으로, 자기 확신에 가깝게 주창하는 생도는 정말이지 오랜만이었다.

"그건 마법을 오로지 내적 대상으로만 바라보는 시각이군요. 이름이 뭐죠?"

"세베론입니다."

웅성웅성.

무등위 생도들은 모두 세베론을 알고 있었다.

시론의 측근이었으나 결코 단순한 측근으로 치부할 수 없는 천재적인 생도.

"데뮬란 학파의 '지성론'에 의하면 마법사의 자기 확신이나 성찰, 분석, 체험 등을 모두 아우르는 개념을 마도라고 말하고 있습니다. 그런 인식론적 경험이 풍부해질수록 지혜를 초월하는 마법사의 자아가 올곧게 형성되죠. 저는 이 지성론에 동의하는 마법사입니다."

몇몇 생도들이 감탄한 얼굴을 하고 있었다.

그의 의견에 동조하기에 앞서, 저렇게 당당한 태도로 확신에 가까운 마도론을 주장할 수 있다는 것이 부러웠기 때문.

한데 그런 세베론의 확고한 신념을 곧바로 부정하는 생도가 있었다.

"데뮬란 학파의 지성론은 반드시 사장되어야 하는 이론입니다."

"뭣!?"

세베론의 고개가 부서지듯 꺾어졌다.

헬렌 교수가 교실 구석에 앉아 있던 은빛 머리칼의 여생도를 바라보았다.

그 여생도는 그녀도 익히 알고 있는 생도였다.

이미 전반기에 자신의 수업을 최고 학점으로 이수한 리리아.

그런 리리아가 왜 다시 자신의 수업을 찾았는지 궁금했으나 단번에 데뮬란 학파의 지성론을 공격하는 그녀의 주장에 더욱 흥미가 일었다.

"리리아 생도, 그게 무슨 말이죠?"

리리아가 차가운 눈빛을 빛내며 다시 입을 열었다.

"한 마법사의 주관론적 인식은 그릇된 방향으로 나아갈 수 있습니다. 데뮬란 학파의 지성론에는 이런 마법사의 비틀린 자기 확신이나 어그러진 신념을 제어하거나 예방할 수 있는 방법론이 없습니다. 한 마법사가 자신의 경험을 맹신한다면 최악의 상황을 마주할 수도 있습니다."

세베론의 맹렬한 눈빛이 리리아에게 쏘아졌다.

"최악의 상황이라니 그게 무슨 뜻이야?"

"마법사의 나약해진 영혼에 군침을 삼키는 존재들이라면 너도 모르진 않을 텐데."

"뭐……?"

다시 리리아가 헬렌 교수를 응시했다.

"데뮬란 학파의 몇몇 마법사들이 사악한 마계의 영혼을 받아들이고 흑마법사로 재탄생된 예는 실제로 역사에서 발생한 일입니다."

"그, 그건! 흔하지 않는 일이다! 어떻게 넌 그런 극소수의 사례로……!"

"넌 마법사가 아닌가? 위험한 사례가 있었다면 이를 경계하는 건 당연한 태도인 것 같은데."

그때, 불쑥 끼어드는 시론.

"그런데 그렇게 따지면 다른 학파의 마법사들도 흑마법사가 된 예는 얼마든지 있다. 그럼 그 학파들도 모두 배척해야 하나?"

"당연하다. 가능성이 있다면 경계해야 한다."

"널 다시 보게 되는군. 그건 편협이자 또 다른 성역이다. 그런 식으로 칼같이 배척하기엔 지성론의 가르침은 결코 얕지 않아."

시론이 헬렌 교수를 응시했다.

"지성론이 주장하는 건 단지 주관적인 자기 성찰이나 인식론적 체화가 끝이 아닙니다. 지성론이 말하고 있는 건 끊임없는 자기 인식에서 오는 경험의 풍성함입니다. 이 과정에서 마법사는 자신의 특성과 자질을 저절로 생득(生得)하듯 받아들일 수 있게 됩니다. 마법사로서의 단면을 보다 쉽게 구분하고 직시할 수 있는 겁니다."

리리아의 눈빛도 맹렬해졌다.

"너의 그 주장에도 역시 어그러진 마도를 제어하거나 예방할 수 있는 방법론은 없다."

논쟁이 격화되자 헬렌 교수가 중재하고 나섰다.

"가치의 격돌이 저로선 보기 좋군요. 하지만 더 이상의 거친 논쟁은 허락하지 않겠어요. 이제 그만 진정들 하세요."

"잠깐, 잠깐만요. 교수님."

다프네가 생도들 사이에서 불쑥 나타나자 교실 전체가 환해지는 느낌이었다.

그런 눈부신 다프네의 미모에 몇몇 생도들이 얼굴을 붉히며 몽롱해졌다.

"어? 그대는……?"

헬렌 교수는 그런 다프네가 어딘가 모르게 낯이 익었다.

"학회 이후에 처음 뵙는군요 교수님."

그제야 다프네의 정체를 알아본 듯 두 눈을 커다랗게 뜨는 헬렌 교수.

"현자님의 제자! 그대가 어찌 내 수업에?"

"그렇게 됐어요. 얼마 전에 보결로 편입했어요. 저도 이제 마법 생도란 거죠. 잘 부탁드려요."

멍해진 헬렌 교수.

입탑 마법사이자 현자의 수제자.

마탑 최상층의 일원인 그녀가 왜 무등위 견장을 어깨에 달고 있는지 헬렌 교수로서는 이해할 수 없는 일이었다.

"허, 현자님의 제자?"

"입탑 마법사라고?"

웅성웅성.

무등위 생도들이 동요하기 시작했다.

입탑 마법사가 무등위 생도로 편입을 했다니?

같은 경쟁자라기엔 너무 까마득한 위치의 마법사였다.

"리리아, 물어보고 싶은 것이 하나 있어요."

"뭐지?"

다프네가 고아하게 눈을 뜨며 리리아를 응시했다.

"마도를 이해할 때, 저 시론과 세베론처럼 이미 많은 마법 사들이 데뮬란 학파의 지성론을 따르고 있어요. 저 역시 그중 하나죠."

눈살을 찡그리는 리리아와 달리, 시론과 세베론은 어깨로 우쭐거리고 있었다.

"마법을 수련함에 있어 그대의 말대로 지성론을 배척한다 면 무엇으로 마법사의 마도를 갈고닦을 수 있죠? 아무리 주 관적인 체화가 그릇된 방향으로 나아갈 확률이 있다고 해도, 자기 인식이나 성찰이 전제되지 않는다면—"

"사상(思想)이다. 자신의 의지와 염원이 어디로 향하는지 를 먼저 관념적으로 정의한다. 그렇게 확립된 사상을 통해 마 도(魔道)가 발현되는 것이다."

다프네는 이해할 수 없다는 표정이었다.

한 인간의 사상이란 경험을 통해 완성하는 것.

한데 그런 경험도 없이 사상을 완성하고, 그 사상으로 마법 사의 마도를 투영한다고?

이건 선후가 바뀌었다.

다프네는 묻고 싶었다.

"그럼 그대는 이미 어떤 사상을 지닌 '현자'란 말인가요? 뭐죠? 그 사상이란 게?"

목숨까지 걸 수 있는 목표가 있었으나 리리아는 대답하지 않았다.

이렇게 많은 사람들 앞에서는 결코 밝힐 수 없는 처절함이었다.

"역시 말하지 못하는군요. 그럼 궤변이라고 평가해도 되겠죠?"

"뭐? 궤변?"

헬렌 교수는 두 눈만 껌뻑이고 있었다.

'아니 내 수업에서 이게 대체 뭐 하는 짓들이지?'

칼만 안 들었을 뿐이지 무슨 전쟁터를 보는 것 같다.

마치 학파끼리의 대논쟁(大論爭)을 눈앞에 마주하고 있는 기분.

그런데 그때.

"전부 틀렸어."

턱을 괸 채로 무료하게 리리아와 다프네를 번갈아 쳐다보는 생도, 루인이었다.

자신을 무심하게 바라보고 있는 루인의 눈빛에 리리아가 얼굴을 붉히며 고개를 숙였다.

지금도 이마가 화끈거리는 기분.

건방지게 머리를 헝클어뜨리는 녀석에게 화를 내야 했지만 리리아는 어제 그러지 못했다.

다만 멍해졌을 뿐.

지금도 리리아는 자신이 왜 그랬는지 이유를 알 수 없었다.

다프네가 고아한 눈빛을 빛냈다.

"뭐가 우습다는 거죠?"

"젖비린내 풍기는 경험으로 감히 사상을 말하는 것도 우습고, 주관적 경험에 갇혀 자기 확신을 일삼는 마도 역시 바보같다."

헬렌 교수의 입이 천천히 벌어졌다.

리리아처럼 한 학파의 이론에 대해 학술적인 거부감을 드러내는 생도는 많았다.

그러나 저토록 무료한 얼굴로, 저리도 권태에 찌든 눈으로 학술의 무가치를 '판정'하는 생도는 처음 본다.

다시 다프네의 목소리가 울려 퍼졌다.

"그럼 당신의 마도는 뭔가요?"

"그렇게 거창할 것도 없지."

"거창한 게 아니면요?"

더없이 차갑고 투명한 눈.

루인의 확고한 목소리가 울려 퍼졌다.

"어제의 나보다 오늘의 내가 더 강하다는 확증. 그런 의심 없는 확신이 바로 나의 마도(魔道)다."

루인 일행이 논쟁에 가까운 토론을 계속 이어 나가자.

**〈그, 그만두지 못하겠어요? 당장 내 수업에서 나가세요!〉**

결국 루인 일행은 수업에서 쫓겨나다시피 나올 수밖에 없었다.

실험실, 임시 그룹방에 다시 모인 '목소리'의 생도들.

그런데 뭔가 이상했다.

세베론이 시론을 바라보며 의미심장하게 웃고 있는 것이었다.

"통했겠죠…… 아니 통했겠지?"

"물론이다. 헬렌 교수의 성향 분석은 이미 끝났다."

다프네의 입가에도 미소가 아른거렸다.

"학파 대논쟁을 흉내 낸 이상 분명 우리들의 첫인상이 남달랐을 거예요. 당장은 화를 내고 계시지만 결국 다음 수업부턴 저희에게 온갖 질문이 이어지겠죠. 거기서 헬렌 교수에게 더한 만족감을 줘야 해요."

헬렌 교수는 과제의 성과보다 능동적인 수업 태도에 더욱 후하게 점수를 주는 교수.

루인 일행은 전략적으로 치밀하게 헬렌 교수를 맞대응하

고 있는 것이었다.

시론의 눈빛이 더욱 강렬해졌다.

"손쉬운 교수들의 과목부터 최대한 빨리 만점을 채워 간다. 무투대회에 참가하려면 등급 심사 따위는 단숨에 통과해야 해. 학점 따위가 무투대회의 걸림돌이 될 순 없다."

고개를 끄덕이던 다프네가 리리아를 바라보았다.

"그런데 방금 전…… 연기가 아니라 진심이었나요 리리아?"

서로 논쟁하는 그림만 그린 상태로 수업에 참여했다.

헬렌 교수가 던질 수업의 화두를 미리 알지 못하는 이상, 세세한 논쟁거리에 대해서는 입을 맞출 수가 없었던 것이다.

"데뮬란 학파의 지성론은 나와 맞지 않다."

다프네의 눈빛이 묘해졌다.

대부분의 마법 생도들, 아니 마탑의 고위 마법사들조차 데뮬란 학파의 마도론(魔道論), 즉 지성론을 따르고 있었다.

데뮬란 학파의 가르침이 정석적인 것도 있었지만 그것은 일종의 대세이자 유행이었다.

반세기 전만 해도 네렐에우스 학파의 '근본주의론'이 주를 이루었지만, 데뮬란 학파의 지성론이 마법학회에 대두된 이후로는 한 번도 이 대세가 꺾인 적이 없었다.

"저는 이해할 수 없군요. 지성론을 경계하는 이유가 고작 흑마법이란 건 논리에 맞지 않아요. 당신의 말은 학파의 절반이 학회에서 사장되어야 한다는 뜻과 다르지 않아요."

흑마법사의 출현을 문제 삼을 거라면 쟁쟁한 학파들도 모조리 검열 대상이 될 수밖에 없었다.

경지를 갈망하던 마법사들이 마계의 유혹에 빠져 흑마법사가 된 예는, 너무 많아 세는 것이 무의미했기 때문.

"어브렐가라면 마도 가문 중에서도 정통적인 가르침으로 유명한데…… 혹시 무슨 사연이라도 있는 건가요?"

리리아는 입을 닫아 버렸다.

다만 그녀는 차가운 눈으로 루인을 직시하고 있을 뿐이었다.

그런 리리아의 시선을 느꼈는지 루인이 눈살을 찌푸렸다.

"왜 그렇게 보는 거지?"

"젖비린내. 넌 나의 마도를 그렇게 평가했다."

"그래서?"

몸을 움찔하던 리리아가 가득 입술을 깨문다.

"납득할 수 없다. 내 마도를 평가절하하는 근거와 이유를 말해라."

루인은 대수롭지 않다는 듯이 피식 웃었다.

"마법사들은 아무나 마도사라 부르지 않더군."

마도(魔道)는 기사의 기사도와 마찬가지로 마법사에게 일종의 신성시되는 단어였다.

그래서 웬만큼의 업적과 명성이 뒷받침되지 않는 이상, 결코 마도사의 칭호를 얻을 수 없었다.

"그럼 내가 묻지. 마법의 역사에 '마도사'의 칭호를 획득한 흑마법사가 단 한 명도 없었나?"

리리아가 더없이 단호하게 대답한다.

"없다."

인간계에 최초의 마법사 테아마라스 못지않은 위업을 남긴 헤이로도스.

루인은 그가 대마신 므드라의 계약자라는 걸 알고 있었다.

그런 그가 백마법사라고?

그야말로 웃기는 소리다.

그리고 무엇보다 흑암의 공포, 이 루인이야말로 대마도사로 불려 온 몸이었다.

"어떻게 확신하는 거지? 혹시 선대가 기록한 역사들을 모두 사실이라고 믿고 있나? 아니 무엇보다."

루인이 희게 웃었다.

"역사를 맹신하는 태도 이전에 너는 흑마법의 위험성을 직접 경험한 적이 있나?"

"……뭐?"

"마법은 실체를 확증하는 학문. 아무것도 경험하지 못한 채로 함부로 확증을 일삼는다면 그건 편협이거나 오만이다."

순간, 생도들의 분위기가 어둡게 변했다.

루인의 주장이 마치 흑마법을 옹호하는 것처럼 느껴졌기 때문이다.

마법학도, 아니 인간 마법사가 흑마법을 칭송하는 건 일종의 반역에 해당하는 행위.

다프네가 차분하게 말했다.

"그 말은 조금, 아니 많이 위험하군요. 흑마법은 역사가 기록되기 이전의 시기부터 인간의 인간성과 영혼을 타락시켜 왔어요."

"타락……?"

루인은 다른 차원의 생명력을 갈취함으로 얻은 가공된 마나, 마계의 진마력까지 옹호할 생각은 추호도 없었다.

하지만 동료들을 구하고 싶은 이 마음이, 세계의 멸망을 막고자 하는 이 간절한 염원이, 한 인간의 타락이라는 건 모멸이었다.

"사악한 마계의 존재들에게 영혼을 저당 잡힌 순간, 모든 마법의 지식을 주인으로부터 부여받죠. 그래서 흑마법사는 주체성을 지닌 마법사가 아니라 마계의 의지를 대리하는 도구에 불과해요. 그런 저열한 삶을……."

루인은 더 이상 그녀의 말이 들리지 않았다.

타락.

저열.

다프네의 말은 틀리지 않을 것이다.

그녀의 말대로 대부분의 흑마법사들은 타락한 대리자가 되어 인간의 생명을 갈취하는 도구로 전락하니까.

하지만 자신은 달랐다.

끈질긴 유혹을 이겨 냈다.

소스라치는 악의(惡意)를 견뎌 냈다.

오히려 쟈이로벨을 도구로 삼아 인간들을 살리고자 했다.

그런 처절한 삶을 살아온 노쇠한 흑마법사가 여기에 있었다.

명예 따위는 바라지 않았다.

칭송받고자 하는 마도(魔道)는 더더욱 아니었다.

그러나 생도들의 직설적인 힐난이 겹쳐 오자, 왠지 모르게 마음이 차갑게 가라앉았다.

굳은 결심을 깨고 함께하기로 한 생도들.

이런 어린아이들의 선입견에도 섭섭함을 느낄 만큼 나약해진 거란 말인가.

'하하…….'

이 흑암의 공포가 이따위 감상에 휩싸일 줄이야.

루인이 소스라친 눈빛으로 고개를 흔들었다.

그와 동시에, 죽어 간 모든 동료들의 얼굴을 머릿속에 떠올렸다.

잠시나마 생도 신분에 취해 나약해진 마음을 경멸했으며, 이 거짓 평화에 익숙해지려는 자신 역시 저주했다.

그렇게 루인은 세상을 격리하며 길고 긴 심상에 빠져들었다.

"……."

리리아는 그동안 루인의 곁을 떠날 수 없었던 이유를 비로소 깨달았다.

동질감.

차갑고 오만해 보이는 루인이었지만 그 눈빛은 언제나 말할 수 없는 슬픔을 견디고 있었다.

대체 무엇을, 얼마나 모질게 견디고 있기에 사람이 저런 눈을 할 수 있단 말인가.

말로 표현조차 할 수 없는 그의 처절한 눈빛은 가문과 세상, 어디에서도 보지 못했던 것.

그렇게 리리아는 가슴 속에서 피어나는 묘한 열기를 느끼며 루인의 곁에 함께 앉아 눈을 감았다.

오늘도 심상이 답을 줄 것이기에.

무거운 분위기를 느낀 생도들도 하나둘 자리에 앉아 이미지를 시작했다.

왕립 아카데미의 장미 정원에 나른한 햇살이 내려앉았다.

둥근 테이블에 앉아 다과를 즐기고 있는 마법학부의 교수들.

일종의 대책 회의였다.

하이페른가의
대공자 4

"한 기수의 천재적인 마법 생도들이 동시에 목소리(Voice) 그룹을 선택한 전례가 있었나요?"

"그럴 리가. 당연히 없습니다."

"목소리라면 생도들의 성장을 도울 만한 그 어떤 커리큘럼도 없잖아요?"

"유급과 퇴교를 기다리는 생도들이 모이는 그룹입니다. 커리큘럼이 있을 수가, 아니 있어서도 안 되는 곳이죠."

"그럼 그 아이들을 그렇게 계속 방치할 거예요?"

헬렌 교수는 답답했다.

자신의 수업을 망친 무등위 생도들을 조사해 본 결과, 하나같이 1학기 때 쟁쟁한 실력을 뽐냈던 녀석들이었다.

장래가 촉망되는 생도들을 마법학부가 품어 내지 못한다면 왕국으로서도 불행한 일.

하지만 문제는 대책이 없다는 것이었다.

게리엘도스 교수가 미간을 구겼다.

"그렇다고 지금에 와서 다시 교수님들의 배정을 바꿀 수도 없는 노릇이니 이거야 원……."

예상되는 정원을 배려해서 철저하게 담당 교수와 지도 교수의 배치를 마친 상태.

그러므로 이제 와서 그 녀석들에게 담당 교수를 배정한다는 건 다른 생도들의 희생을 감수해야만 하는 일이었다.

합리의 성지, 마법학부에서 그런 부조리적인 행정을 펼칠 수는 없었다.

'도대체 그 녀석은 무슨 생각인 거지?'

루인이 보결 생도로 입학한 그 시점부터 게리엘도스 교수의 평화는 완벽히 깨어져 버렸다.

마탑의 간섭, 무등위 생도들의 지속적인 동요, 특히 시시때때로 루인에 대한 보고를 요구하는 헤데이안 학부장까지.

"하, 학부장님?"

호랑이도 제 말 하면 온다고 했던가.

장미 정원의 분수대 그늘 아래 헤데이안 학부장이 뒷짐을 진 채로 자신을 바라보고 있었다.

교수들이 일어나며 공손히 예를 표했다.

"허허, 이 내가 환담을 방해했군. 그만들 앉으시게."

게리엘도스 교수는 지금도 겨우 화를 삭이고 있었다.

난데없이 교수들을 유급 휴가 처리하며 무등위 생도들의 지도 교수를 자처했던 학부장이었다.

한데 또 무슨 심사가 뒤틀렸는지 사흘 만에 명령을 철회해 버렸다.

고향으로 휴가를 갔던 교수들이 되돌아오는 불상사가 일어난 것이다.

교수고 뭐고 다 때려치우고 싶은 것을 억지로 참아 냈던 게리엘도스 교수.

"무슨 이야기를 그렇게 심각하게 나누고 계셨는가?"

"아, 목소리 그룹의 운영 방안에 대해서 이야기하고 있었습니다."

"목소리(Voice)? 그 그룹에 따로 운영 방안을 마련할 필요가 있는가?"

헤데이안 학부장의 질문에 헬렌 교수가 대답했다.

"이번 기수에서 뛰어난 성과를 보이던 무등위 생도들이 모두 목소리 그룹을 선택해 버렸어요."

"뛰어난 성과?"

"현자님의 손자인 시론 생도, 현자님의 수제자 다프네 생도, 어브렐가의 리리아 생도, 그리고 슈리에 생도와 세베론 생도…… 마지막은 루인 생도? 맞나요?"

"뭐라?"

아 저 눈치 없는!

일부러 학부장에게 보고를 피해 왔는데 하필 여기서 주절주절 다 말해 버릴 줄이야!

게리엘도스 교수가 한숨을 내쉬며 고개를 주억거렸다.

"맞습니다."

"허허허허!"

학부장이 묘한 눈으로 게리엘도스 교수를 응시한다.

이 정도의 일이라면 분명 보고를 했어야 정상.

하면 지금 이 학부장에게 개기고 있는 건가?

"게리엘도스 교수. 이미 두 달 전에 자네의 연구가 끝났다고 들었네만."

순간 게리엘도스 교수의 두뇌가 맹렬히 회전했다.

설마 지금 뻔히 정해져 있는 교수의 연간 실적을 무시하고 또 다른 연구 업적을 요구하려는 건가?

"자, 자, 잘못했습니다 학부장님. 그동안 저 진짜 힘들었습니다. 한 번만 살려 주십시오."

"허허, 그래. 옛날 생각이 나는군."

"아⋯⋯."

지금이야 호호백발에 허허로운 웃음을 짓고 있는 헤데이안 학부장이었지만, 그의 과거란 전설적인 '악마 교수'였다.

그것은 일종의 트라우마.

그의 밑에서 마법을 수학했던 과거가 떠오르자 게리엘도스 교수는 지금도 온몸이 떨려 왔다.

그런데 그때.

"허억! 허억! 교수니이임!"

빨간 머리를 휘날리며 부리나케 달려오는 여생도, 아드레나였다.

게리엘도스 교수가 짐짓 권위를 다잡으며 목소리를 내리깔았다.

"품행을 단정히 하게 아드레나 생도. 학부장님이 계시지 않은가."

"에? 아 넵."

옷에 먼지를 털며 한참이나 부산을 떨던 아드레나가 게리엘도스 교수에게 귓속말을 건넬 찰나.

눈치 빠른 게리엘도스 교수가 아드레나를 밀어내며 엄히 꾸짖는다.

"어허, 학부장님 앞에서 이 무슨 무례인가. 학부장님께 직접 보고하게."

"에? 그래도 돼요?"

갑자기 게리엘도스 교수가 자신의 발을 꾸욱 밟자 그제야 아드레나는 돌아가는 분위기를 이해했다.

"에, 알겠습니다! 그럼……."

또렷이 학부장을 바라보는 아드레나.

"그…… 목소리 녀석들이 복구 중인 대마법 전투장에서 허가 없이 마법 전투를 벌인 것 같아요!"

대낮임에도 왕립 대전투장 제16관은 을씨년스러웠다.

부서진 벽돌 더미.

앙상하게 드러난 기둥.

먼지로 새하얗게 변해 버린 관중석.

작은 돌조각 따위의 잔해들로 가득한 경기장까지.

푸시시식-

부서진 천장에서 부스러기가 흘러내릴 때 헤데이안 학부장의 재촉하는 목소리가 들려왔다.

"시작하게."

"예. 학부장님."

학부장과 함께 도착한 네레스의 손놀림이 바빠졌다.

마탑의 수석 마도학자가 시약병에 붓을 담그더니 허공에 흩뿌리기 시작한 것이다.

게리엘도스 교수의 두 눈이 그의 움직임을 바삐 쫓고 있었다.

수석 마도학자의 마력 추적법은 쉽게 볼 수 없는 희귀한 장면.

헬렌 교수의 눈동자에도 묘한 이채가 서렸다.

"약물이 촉매로 작용하나요?"

"평범한 약물이 아니겠죠. 적어도 보름 이상 마력으로 활성증류(活性蒸溜)를 거친 특수 시약일 겁니다."

"보름 이상 마력 방출을 지속할 수 있다라……."

피와 살을 지닌 인간인 이상 그 정도로 오랫동안 마력 방출을 지속할 수는 없다.

분명 장기간의 마력 방출을 가능하게 하는 특수한 아티펙트를 활용했을 것이다.

"마도학자가 귀한 이유죠."

마도학자.

마법사로서의 경지도 일정 수준에 올라야 했지만, 다양한 마법 지식을 갖추는 것이 기본으로 전제되어야 하는 직업이었다.

마도 연금술에 대한 이해, 룬 조합법의 시의적절한 활용, 폭넓은 마법진 응용력, 아티펙트 제작 능력, 그 밖에 소환술이나 천문학, 심지어 점성술까지…….

모든 마도 분야를 한 발씩은 걸치고 있어야 마도학자로서의 역량을 발휘할 수 있는 것이다.

실제로 실생활에 쓰이는 아티펙트들은 대부분 마도학자의 손에서 창조된 물건들.

그들은 마법 세계의 대장장이라고 할 수 있는 사람들이었다.

스스스스스-

공기에 닿은 시약이 반응을 하기 시작했을 때 마도학자 네레스의 마력이 흩뿌려졌다.

마력에 의해 기화된 시약 구름이 천천히 사방으로 뻗어 나가자 네레스가 신중하게 수인을 맺었다.

화아아아악!

이내 시약 구름이 잦아들었고.

새파랗게 맺힐 마력의 흔적을 기대한 네레스.

하지만 그는 미묘한 표정으로 헤데이안 학부장을 쳐다볼 수밖에 없었다.

"학부장님. 이건 누군가가 먼저 손을 쓴 흔적입니다."

"손을 썼다?"

"여기를 보십시오."

네레스가 가리킨 방향에는 새파란 빛무리가 희미하게 남아 있었다.

"미처 지우지 못한 마력의 잔재입니다. 아마도 이 자리에 '방해 인자'가 있었던 것 같습니다."

"방해 인자라면?"

"직접 보여 드리겠습니다."

네레스의 수인이 다시 맺혔을 때, 그의 마력 스캔 마법에 의해 드러났던 빛무리가 붉은색으로 변했다.

한데 그런 붉은 흔적이 점점 확장되고 있었다.

스스스스스-

네레스의 술식이 끝났을 땐 거의 경기장 전체가 붉은 빛무리에 휩싸인 상태.

오직 방금까지 파랗게 빛나고 있던 자리만이 텅하니 비어 있었다.

헬렌 교수가 환상처럼 허공에 아른거리는 붉은 기운을 손으로 쓸며 물었다.

"이게 무슨 흔적이죠?"

마도학자 네레스의 얼굴이 무서운 것을 마주한 사람처럼 하얗게 질려 있었다.

"이, 이 정도로 광활할 줄이야…… 이건 틀림없는 광역 디스펠의 흔적입니다. 단 한 번의 술식으로 이 경기장에 남아 있던 모든 마법의 흔적들을 한꺼번에 지워 버린 겁니다."

"그게 가능한 일인가요?"

"불가능하진 않지만 아마도……."

네레스의 눈이 헤데이장 학부장을 향해 힐끗거렸다.

"일단 한 번에 방출할 수 있는 마력의 양이 어마어마해야 합니다. 그렇게 장시간 동안의 마력 방출을 견딜 수 있고, 또 방출한 마력을 한꺼번에 염동력으로 통제할 수 있는 마법사. 그런 현자급의 대마법사라면 충분히 가능할 겁니다."

"현자!"

이 르마델 왕국의 현자라면 마탑주 에기오스와 헤데이안 학부장 단 두 명뿐이었다.

이 경기장에 남아 있는 마법의 흔적을 추적하기 위해 몸소 나선 헤데이안 학부장은 당연히 아니겠고, 그럼 마탑주 에기오스가?

그런 의문의 시선들이 모두 헤데이안 학부장에게 모였을 때 그는 나직하게 고개를 가로저었다.

"아닐세. 이건 에기오스의 흔적이 아니야."

평생을 에기오스와 라이벌로 얽히며 살아온 헤데이안 학부장이었다.

에기오스의 마력 구현법이라면 어쩌면 그 본인보다 헤데

이안이 더 잘 알고 있을 것이다.

"에기오스는 의미 없이 마력을 낭비하지 않아. 오히려 효율적으로 술식을 쪼개어 구역마다 완벽을 기했겠지."

"그럼 대체 누가……?"

이어진 게리엘도스 교수의 의문.

그러나 헤데이안 학부장은 붉은 빛무리가 사라진 곳, 마치 사람이 서 있는 형상처럼 이지러져 있는 공간을 바라보고 있었다.

"자네가 말한 방해 인자가 동조 감응이었군. 누군가가 저곳에서 마력을 감응했네."

"예 학부장님. 저 흔적이 아니었다면 아마 저는 이 디스펠의 술식혼(術式痕)을 발견할 수 없었을 겁니다."

"허허."

현자급의 마력으로 펼친 광역 디스펠, 게다가 타인의 마력에 간섭할 수 있는 동조 감응의 보유자라…….

"과연 이게 무등위 생도들의 흔적이 맞을까요?"

도저히 이해할 수 없다는 눈으로 서 있는 헬렌 교수.

아무리 천재들이라지만 이건 그런 천재 수준을 훨씬 상회하는 흔적이었다.

"녀석들일 수밖에 없지."

"네……?"

"허가받지 않은 장소를 함부로 출입하는 건 심각한 교칙

위반이 아닌가. 그런 흔적을 숨기고 싶어 하는 건 생도들의 당연한 심리일세."

"하, 하지만 이건!"

"자네는 루인 생도를 잘 아나?"

"제 수업을 한 번……"

빙그레 웃고 있는 혜데이안 학부장.

"잘 모르는군."

곧 그가 아드레나를 바라본다.

"목격자는 없다고 했는가?"

아드레나가 정신없이 고개를 끄덕였다.

"넵! 하지만 학부 관리실 직원의 증언에 따르면, 대전투장 16관의 열쇠가 사라졌던 건 틀림없어요! 그 시간대의 출입 기록은 시론 생도밖에 없었구요! 또 사라졌던 열쇠가 다시 등장한 건 이튿날 시론의 출입이 있었던 후였습니다!"

"그것만으론 충분하지 않네."

열쇠를 가져갔던 것이 교칙 위반의 증거가 될 순 없다.

다른 열쇠로 착각했다고 둘러댄다면 더 이상 몰아세울 수 없을 테니까.

분명 이곳에서 마법 전투의 흔적을 발견해 낼 수 있을 거라 생각했는데 이런 대규모 광역 디스펠이라니.

"역시 보통이 아닌 녀석이구나."

루인 라이언.

도저히 생도로 치부할 수 없는 녀석.

"허허……!"

헤데이안 학부장의 입매가 비릿하게 비틀린다.

그의 두 눈이 어느덧 광기로 일렁이고 있었다.

Chapter. 24

이미지를 끝낸 생도들이 몰아세우듯이 루인을 향해 질문을 던지고 있었다.

"넌 마법을 익히기 시작한 때부터 체술도 함께 익힌 건가?"

"그래."

생도들은 놀랍다는 반응이었다.

"우리 르마델 왕국엔 워메이지(War mage) 학파나 가문이 없을 텐데?"

"우리 왕국뿐만 아니라 다른 왕국도 마찬가지지 않아요?"

"알칸 제국에서도 워메이지들이 활동한다는 소문은 듣지 못했다."

머나먼 과거, 천년 전쟁의 시대에는 제법 많은 워메이지들이 활동했었다.

그들은 마법과 체술을 동시에 활용하며 화려하게 전장을 누볐다.

평범한 마법사를 압도하는 민첩성을 지닌 그들의 장점은 생존력.

대인전으로도 기사들을 상대할 수 있었던 워메이지, 하지만 그보다 더 무서운 것은 그들의 집단전이었다.

기사에 준하는 민첩한 전술적 움직임, 거기에 마법사의 화력이 시너지를 일으키자 기사단은 더 이상 그들의 상대가 될 수 없었다.

압도적인 화력으로 전장을 지배하는 워메이지 군단은 천년 전쟁이 탄생시킨 가장 화려한 경이(驚異).

하지만 천년 전쟁이 종식되자 그런 워메이지의 전설은 금방 잊혀져 갔다.

사람의 시간은 한정되어 있는 법.

전장에서만큼은 엄청난 효율을 발휘했지만, 마법과 체술 어느 하나 궁극에 도달할 수 없었던 그들은 결국 도태되기 시작한 것이었다.

지금에 이르러서 워메이지의 수련법은 거의 사장되어 버린 분야.

당연히 생도들은 루인이 머나먼 과거의 유물처럼 느껴질

수밖에 없었다.

"그런데 그러면 더 말이 안 되는데?"

"뭐가요?"

"아니 그렇잖아. 나와 다프네는 한 방에 나가떨어졌다고 쳐. 워메이지의 수법에 당한 거니까. 그럼 리리아와의 대결은 도대체 뭐지?"

루인은 리리아를 상대하면서 단 한 번도 체술을 발휘하지 않았다.

녀석은 오직 마법으로만 리리아를 상대했다.

그것도 고도로 집중력을 발휘해도 모자랄 순간에, 저벅저벅 걸어가며 수인을 맺는 여유까지 보이면서.

시론에게 루인이란 도저히 해석할 수 없는 세기의 미스터리나 다름없는 존재였다.

"날 때부터 마법만을 익혔다. 그건 어브렐가도 마찬가지일 거다. 이런 우리의 마법이 워메이지의 마법을 당해 낼 수 없다는 게 말이나 돼?"

"아, 그건 루인 님이……."

다프네는 '바보! 그는 드래곤이라구!'라는 말이 목구멍까지 치밀어 올랐다.

하지만 그랬다간 저 드래곤에게 잡아먹힐지도 몰랐다.

지금도 저 눈빛.

정말 사람을 잡아먹을 듯한 눈이다.

다프네가 어색하게 목소리를 집어삼키자 루인이 냉담하게 입을 열었다.

"체술을 익히면 마법의 역량이 떨어질 거라는 건 착각이다."

조각나듯이 뚝뚝 떨어지는 루인의 목소리에 슈리에는 순간적으로 오한이 치밀었다.

"그, 그건 착각이 아니죠. 엄연히 시간은 제한적인 자원이에요. 육체를 단련할 시간에 마법을 익힌다면 궁극에 다가갈 확률은 더욱 높아지죠. 그건 상식이에요."

"상식?"

루인이 피식 웃으며 그녀에게 되물었다.

"넌 하루 중 얼마나 마법에 매진하지?"

"수업 시간을 합해서요?"

"그래."

곰곰이 생각하던 슈리에가 이내 자신만만한 표정으로 대답했다.

"여덟 시간 정도요. 수업 시간, 개인 이미지 시간, 라이브러리에서 보내는 시간을 모두 합했어요. 아, 물론 식사 시간과 휴식 시간은 제외했죠."

"나보다 여섯 시간이 적군."

"네……?"

생도들이 하나같이 멍한 얼굴을 하고 있었다.

잠시 잊고 있었던 것이다.

루인이 이 마법학부에서 어떻게 살아가고 있는지를.

수면 시간은 고작 3시간.

식사 시간을 제외한 나머지 시간은 모조리 체력 단련, 학부 수업, 지혜의 라이브러리, 혹은 이미지였다.

휴식?

가뭄에 콩 나듯 발견할 수 있는 그의 '장미 정원 산책'은 과연 진정한 의미의 휴식일까?

아니.

아마도 그는 그 짧은 순간조차도 심상에 빠져 있을 것이다.

가만 따져 보니 녀석은 고작 수면 시간 3시간과 식사 시간을 제외하면, 모조리 체술과 마법 수련에 빠져 있는 것이 아닌가?

"워메이지의 마법은 궁극에 다가갈 수 없다? 또 뭐? 시간은 한정된 자원이다?"

루인이 비릿하게 웃었다.

"바보 같은 놈들. 깨어 있는 시간을 늘리면 된다."

"……."

"……."

"……."

머리를 망치로 한 대 얻어맞은 사람처럼 충격으로 굳어진 생도들.

기이한 각도로 비틀리는 시론의 고개.

"그렇네?"

"자, 잠을 줄이고 체력 단련을 하면 되는 거였어!"

워메이지가 이렇게 별것도 아닐 줄이야!

"그런데 사람이 그렇게 사는 게…… 과연 맞나? 그게 맞아?"

"후후, 먼저 나아간 선배가 그렇다는데 맞겠지?"

"팍! 씨!"

시론의 위협에 세베론의 목이 자라처럼 움츠러들었다.

"아, 아니 왜! 언제는 반말하라며!"

그때, 루인이 자리에서 일어났다.

다시 모두의 시선이 그에게 모였다.

"시간이 한정된 자원? 그래. 엄밀히 따지면 맞는 말이다."

실험실을 나서던 그가 문득 뒤를 돌아보았다.

"하지만 모두가 같은 시간을 보내진 않아."

덜컥-

루인이 밖으로 나가자 소름이 돋는다는 듯 시론이 몸을 떨었다.

그런데.

"어?"

분명 창문틀, 사람의 키만 한 높이에서 새하얀 뭔가가 휙

하며 사라졌다.

백발? 노인?

"혹시 너희들도 봤나?"

"뭘요?"

"……아니다."

시론은 왠지 불길한 느낌으로 온몸이 오슬거렸다.

◆ ◇ ◆

루인 일행은 전략적으로 수업을 청강하며 착실하게 모자란 학점을 채워 갔다.

물론 그 와중에도 생도들은 루인의 체력 단련 스케줄을 치열하게 소화해 냈다.

루인이 보여 준 대마법 전투의 충격.

그만큼 워메이지의 전설을 경험한 것만 같은 그때의 일들은 생도들에게 도저히 잊을 수 없는 장면인 것이다.

하지만 그런 치열한 수련도 보름이 넘어가자 그들은 의문을 갖기 시작했다.

근력도 붙어 가는 것 같았고 점차 호흡도 편해졌지만, 이 달리기가 과연 워메이지의 능력과 무슨 상관관계가 있는지 근본적인 의문이 들었던 것.

그들이 아는 체술은 이런 달리기 따위가 아니었다.

좀 더 체계적인 움직임과 절묘한 동작 등.

구체적인 뭔가를 기대했던 생도들로서는 슬슬 불안해지기 시작한 것이다.

"허억! 허억! 루인! 잠깐 거기 서!"

달리기를 멈춘 루인이 힘겹게 숨을 몰아쉬는 시론을 흘깃 쳐다봤다.

"견디기 힘들면 그만해도 좋다."

"아, 그게 아니라!"

바닥에 주저앉은 시론의 표정이 묘해졌다.

"이 달리기가 대체 워메이지 수련법과 무슨 관계가 있는 거지?"

"하악…… 하악…… 저도 그게 궁금했어요."

시론과 다프네를 번갈아 쳐다보는 루인의 무심한 두 눈.

루인은 간단한 연계 동작을 금방 머릿속에 그렸다.

"날 잘 봐라."

파팟!

날카로운 정권, 그리고 이어지는 두 차례의 훅.

땅으로 꺼지듯이 뒤로 물러나다 그라운드를 파고드는 묵직한 진각.

쿵!

보폭 이상으로 넓게 롤링하며 솟구치는 어퍼.

슉!

거칠게 어깨를 흔들며 부딪치는 몸통 박치기.

매서운 풋워크로 전진한 후 바람 소리가 들려올 정도의 강력한 파워 블로우.

팍!

마지막으로 곧게 선 채로 양팔을 교차하는 가딩까지.

그렇게 루인은 최대한 천천히 간단한 연계기를 생도들에게 보여 주었다.

"후……."

깊게 호흡을 내뱉던 루인이 시론을 응시했다.

"모두 기억했나?"

"뭐, 그 정도는."

시론이 자신감 있게 고개를 끄덕이자.

"그럼 해 봐라. 단, 그 모든 걸 한 호흡으로 끝내."

"뭐? 한 호흡?"

난감하다는 듯이 얼굴을 일그러뜨리고 있는 시론.

분명 단조롭긴 했지만 제법 큰 동작들이 연속적으로 이어지는 연계기였다.

그런 큰 동작들을 무호흡으로 연계하기엔 다소 무리가 있어 보였던 것.

"알았다."

슈슉!

아니나 다를까.

몸통 박치기를 끝낸 후 풋워크로 이어지는 시점에서 시론은 참았던 호흡을 내쉬고 말았다.

"푸핫!"

당황한 듯 흔들리고 있는 시론의 두 눈.

하지만 그는 이해할 수 없다는 눈치였다.

"후우…… 왜 굳이 한 호흡으로만 움직여야 하지?"

루인은 그렇게 묻는 시론이 오히려 더 이상하다는 듯이 반문했다.

"넌 마법사가 아닌가?"

"응? 갑자기 그게 무슨 말이냐?"

지켜보고 있던 다프네가 가장 먼저 루인의 의도를 읽었다.

"아! 모든 동작을 한 호흡으로 통제해야만 하는 이유를 알겠어요!"

"뭔데?"

다프네가 시론을 바라보며 화사하게 웃었다.

"호흡을 통제하지 못하면 마법사의 가장 중요한 무기 중 하나인 언령(言靈)이 봉쇄되잖아요?"

"뭐?"

루인이 고개를 끄덕였다.

"우리는 일반적인 무투가나 기사가 아니다. 그들은 자유롭게 호흡을 조절할 수 있지만 마법사는 전투 중에도 마법을 발휘할 수 있어야 한다."

"……."

심각하게 얼굴을 굳히는 시론.

과연 호흡을 통제하지 못하면 언령을 발휘할 수 없고, 이는 언령이 필요한 모든 술식을 염동력으로 치환해야만 한다는 뜻이었다.

마법사의 염동력은 무한한 자원이 아니다.

오히려 마력보다 더욱 빠르게 고갈되는 것이 염동력.

염동력의 소비가 지나치게 과도하면 정신 붕괴나 정신 폭주의 위험성이 더욱 커지게 된다.

"워메이지에게 가장 중요한 것은 폐활량이다. 언령을 봉쇄한 채로 전투에 임할 것이 아니라면 기사들을 압도하는 폐활량을 지녀야 하지."

언령은 마법사에게 있어서 가장 기본적이고 직관적인 무기.

그런 강력한 무기를 접고 전투에 임한다는 건 오히려 마법사의 장점이 상쇄되는 결과를 초래할 수도 있는 것이다.

"그것이 내가 쉼 없이 달리는 이유다."

저 무시무시한 염동력을 보유하고 있는 루인조차 언령의 발휘를 위해 이렇게 매일매일 달리고 있었다.

수십 바퀴를 달려도 흐트러짐 하나 없는 녀석의 호흡.

시론은 새삼 루인의 무서운 근성에 감탄했다.

그것은 마법사로서가 아니라 한 인간으로서의 순수한 경외심이었다.

"넌 정말…… 그냥 미쳤군."

이 가벼운 달리기가 그런 엄청난 의미였다니.

정말이지 상상도 하지 못했다.

그런 시론의 반응에 함께 주눅이라도 든 듯 세베론이 허탈하게 자조했다.

"하…… 그럼 도대체 언제까지 달려야 해?"

루인이 어처구니가 없다는 듯한 얼굴을 했다.

"당연히 일평생이다. 폐활량은 인간의 수명과 함께 감소한다. 세월이 흐를수록 줄어들 수밖에 없지. 여건이 허락한다면, 아니 시간을 쪼개서라도 계속해야만 하는 수련이다."

"아……."

"하아……."

생도들은 루인의 냉담한 목소리가 마치 지옥에서 들려오는 메아리처럼 느껴졌다.

이 힘든 달리기를 평생 동안 하라니.

시론은 그 아득한 심정에 벌써 폐가 터질 것만 같은 기분이었다.

"일단 오늘은 여기까지 하지. 저녁에는 따로 할 일이 있으니까."

드디어 수련이 끝났다는 안도도 잠시, 따로 할 일이 생겼다는 루인의 말에 생도들이 더욱 긴장하기 시작했다.

"또 무슨 수작이지?"

"아드레나가 다녀갔다."

"응? 아드레나?"

잠시 생각에 빠져 있던 시론이 이내 루인을 졸졸 따라다니던 빨간 머리의 여생도를 생각해 냈다.

"그 애가 왜? 뭐 또 고백이라도 당한 건가?"

가늘게 미간을 좁히는 루인.

"게리엘도스 교수가 면담을 요구해 왔다."

게리엘도스 교수는 목소리 그룹에 우호적인 태도를 지닌 몇 안 되는 교수.

"교수님이? 갑자기 왜?"

"모르지. 모두 식사와 개인 정비를 마친 후 심상 수련을 하고 있어라. 일단 나는 다녀오겠다."

"알았다."

◆ ◈ ◆

똑똑.

"루인입니다."

**-들어오게.**

루인이 게리엘도스 교수의 연구실의 문을 열자 의외의 인물이 기다리고 있었다.

'에기오스?'

기다란 흰 수염을 쫓히며 차를 마시고 있던 현자 에기오스가 루인을 발견하고서 찻잔을 내려놓았다.

루인이 연구실에 들어오자 게리엘도스 교수가 자리에서 일어났다.

"그럼 전 이만 수업 준비 때문에 나가 보겠습니다 마탑주님."

"고생하시게."

덜컥-

게리엘도스 교수가 나가자 에기오스가 루인에게 눈짓했다.

"앉게. 루인 생도."

무심한 눈으로 서 있던 루인이 에기오스의 맞은편에 자리를 잡았다.

마탑주는 시간적으로 그리 여유로운 자리가 아니다.

이렇게 직접 찾아올 정도면 반드시 그에 상응하는 특별한 이유가 있을 것이다.

"무슨 일이신지."

"그래, 학부 생활은 어떤가? 지낼 만한가?"

"이미 빠짐없이 보고를 받고 있는 것으로 알고 있습니다

106  하이퍼른가의 4
      대공자

만."

게리엘도스 교수의 노골적인 간섭도 아드레나의 끈질긴 관찰도 모두 이 현자 에기오스 때문이라는 걸 루인은 잘 알고 있었다.

지금까지 그렇게 철저하게 감시해 왔으면서 저렇게 아무것도 모르겠다는 눈빛을 하고 있으니 화가 치밀 수밖에.

"서면으로 보고받는 것과 당사자의 이야기를 직접 듣는 것은 명백히 다를 테지. 그 정도쯤은 자네도 알지 않는가."

가문에서도 느꼈지만 에기오스의 화법은 묘하게 사람의 감정을 긁는 재주가 있었다.

현자라기보단 책략가, 혹은 산전수전을 겪어 온 귀족에 가까운 느낌.

말을 길게 섞어 봤자 좋을 것이 없었기에 루인은 단도직입적으로 말했다.

"잘 지내고 있습니다. 용건이 있으시다면 터놓고 말씀해 주시죠."

"터놓고라. 좋지."

에기오스는 다시 차를 한 모금을 들이켰다. 한데 지나치게 손을 떨고 있었다. 그가 미간을 찌푸리며 손을 숨기더니 특유의 담담한 화법으로 말했다.

"미리 말해 두네만 자네를 책잡으려는 것이 아니네."

"무엇을 말씀하시는 겁니까?"

107

"자네를 교칙으로 구속하거나 그 일을 빌미로 불합리한 요구를 할 생각이 없다는 뜻이네. 그러니 솔직하게 대답해 주게."

힘겹게 찻잔을 내려놓은 에기오스의 눈매가 날카로워졌다.

"왕립 대전투장 16관에서 자네의 마법이 발휘된 적이 있는가?"

그 일을 에기오스에게 들을 줄은 몰랐는지 루인은 순간 당황한 티를 낼 뻔했다.

한데 어감이 묘했다.

생도들과 대마법 전투를 벌였던 것을 묻는 것도 아니고 자신의 마법이 발휘된 적이 있느냐니?

이건 어느 정도 확신이 섰다는 말인데, 분명 모든 술식흔을 깔끔하게 지웠던 루인으로서는 충분히 당황할 만한 일이었다.

일단 루인은 부정했다.

"무슨 말씀을 하시는지 모르겠습니다."

"수석 마도학자의 세심한 조사가 이미 끝났네. 대마법 전투가 일어난 흔적은 사라졌지만 대규모 디스펠 마법이 휩쓸고 지나간 흔적은 지금도 남아 있다네."

"……"

루인이 차가운 눈빛만 빛낼 뿐 아무런 대답이 없자 에기오스는 더욱 조급한 속내를 드러냈다.

"우리 왕국의 운명과 직결된 사안이네. 정말 솔직히 대답해 줄 수 없겠는가?"

왕국?

생도들의 대마법 전투를 왕국의 행사와 연결 짓는다?

그런 에기오스의 의도를 루인은 선뜻 이해할 수 없었다.

"무슨 말씀을 하시는 건지 이해가 힘듭니다."

"후우……."

기다랗게 한숨을 내쉬던 에기오스가 더욱 깊은 눈빛을 빛냈다.

"루인 생도."

"말씀하십시오."

"이 현자 에기오스가 다른 경기장에서 실험을 해 봤다네. 그토록 광활한 범위에 마력을 흩뿌려 내고 그 전역을 디스펠 술식으로 직접 덮어 봤단 말일세."

그때 에기오스가 손을 내밀었다.

"그 결과가 이걸세."

덜덜.

힘겹게 떨려 오는 에기오스의 손.

"마나번에 이은 정신 착란이네. 이 마탑주가 마력과 염동력을 몽땅 소진해 버렸단 말일세."

그러나 루인의 두 눈은 여전히 물빛처럼 투명할 뿐이다.

마치 감정이 없는 사람처럼.

"정말로 자네의 마력이 이 에기오스의 것보다 더 깊고 너른 건가?"

"……."

"제발 대답해 주게."

-클클. 이 현자 놈. 그때보다 훨씬 더 달아올라 있구나.

샤이로벨이 한껏 비웃고 있었다.

인간의 상식으로 루인의 마력을 이해하려 들면 곤란하다.

진마력에 근접, 아니 이미 능가하기 시작한 루인의 융합 마력은 서클과 같은 경지의 구분이 무의미한 지경에 다다랐다.

마력의 효율성과 순수성, 또한 절대적인 위력의 차이가 너무나 벌어진 것이다.

그 모든 게 자신의 핵(核) 오드로 루인이 이룩한 결과이니 샤이로벨은 일종의 우월감에 도취되어 있었다.

"현자님이 그 정도로 타격을 입으셨다니 제가 묻겠습니다. 지금 제게 그런 걸 묻는 것이 정상이라고 생각하십니까?"

루인이 자신을 이상한 사람 취급하고 있었지만 오히려 에기오스는 희미하게 웃고 있었다.

"나는 미거하나마 이 왕국에서 현자라 불리는 몸이네."

점점 진해지는 에기오스의 미소.

"자네의 마나 서클을 직접 살펴본 이 현자의 안목을 무시하지 말게 루인 생도."

담담한 눈빛으로 한참 동안 침묵하던 루인.

그가 이내 비릿하게 마주 웃었다.

"눈치 하나는 빠른 사람이로군."

왕국의 운명이니 뭐니 떠들어 댔으니 자신의 역량이 확실하다면 탐을 내고 있다는 뜻.

순수한 마법적 호기심이 아니라 이 흑암의 공포의 힘을 나눠 갖고 싶다면 결국 정치적인 문제로 귀결될 수밖에 없었다.

"하이베른가의 기사 전력이 아닌, 또 다른 힘을 왕국에 귀속시키고 싶다면 그대의 앞에 서 있는 이는 생도가 아니라 대공자요. 예의를 갖추는 걸 추천하겠소."

한 인간, 한 가문의 자유 의지를 구속하거나 희생을 강요할 땐 국가는 그만한 대가를 지불해야 한다.

그것이 국가가 신하에게 작위와 봉토를 내어 주고 권력을 부여하는 이유.

에기오스가 한 명의 마법사가 아니라 왕국의 대리자로서 이 자리에 왔다면 그 점을 확실하게 주지시킬 필요가 있었다.

'정말 드래곤이라는 건가……!'

왕국의 쟁쟁한 공신들과 대귀족들의 틈바구니에서 살아온 에기오스는 기세에 민감했다.

저 물빛처럼 투명한 루인의 두 눈에선 인간이라면 마땅히
지니고 있어야 할 감정이 느껴지지 않았다.

어찌 보면 담담한 눈빛.

지극히 차분한, 일체의 흐트러짐 없이 직시해 오는 녀석의
눈빛에 전율이 치밀 정도다.

마치 사자왕을 마주하고 있는 기분.

에기오스는 찻잔을 쥔 자신의 손이 떨리는 이유가 마나번
때문인지 저 눈빛 때문인지 헷갈릴 지경이었다.

이 나라 무력의 정점에 서 있는 하이베른가의 대공자, 거기
에 백룡 비세리스마일 가능성까지.

그런 압도적인 기세에 결국 에기오스는 두려움에 두 눈을
내리깔고 말았다.

"……자네의 오해라네. 이 르마델 왕국이 아카데미 생도의
힘을 빌릴 만큼 몰염치한 나라는 아닐세."

그제야 루인은 천천히 기세를 지웠다.

흑암마도안(黑暗魔道眼)은 전생에서도 즐겨 썼던 것으로,
협상의 우위에 많은 도움이 되는 수법이었다.

진마력이 아닌 융합 마력으로 펼친 것이었지만 다행히 반
응을 보니 오히려 효과가 더 좋아진 모양.

"그럼 이 하찮은 생도의 마법을 왕국의 운명에 결부시킨
이유는 무엇입니까."

에기오스는 숨이 턱 하고 막히는 심정이었다.

욕심은 사실이었다.

만약 루인이 현자급의 마력을 보유한 절대적인 천재, 혹은
백룡 비세리스마가 확실하다면 보다 명백히 왕국의 영향력
아래 귀속시키려 했으니까.

〈눈치 하나는 빠른 사람이로군.〉

자신이 펼친 마법이라는 것을 인정하는 듯한 묘한 루인의
어감.

하지만 확실하게 선을 그어 오는 루인의 태도에 압도되어
버렸다.

에기오스는 차마 다시 입을 열지 못했다.

"하실 말씀이 없어 보이시는군요. 그럼 전 이만 물러가겠
습니다."

루인이 망설임 없이 일어나 연구실의 문을 열려고 들자.

"자, 잠깐! 기다리게!"

루인이 무심한 눈으로 에기오스를 돌아보았다.

"원하는 것이 있다면 더 이상 속내를 감추지 마십시오."

"알겠네. 앉게."

루인이 다시 앉자 에기오스는 참았던 속내를 겨우 드러냈
다.

"왕국의 기대가 부담스럽다면 마탑으로 하지. 우리 마탑의

일원이 되어 줄 수 있겠는가?"

루인은 어이가 없었다.

아니 그럼 처음부터 그럴 것이지, 언제는 이 바보 같은 아카데미의 구렁텅이로 밀어 넣더니 이제 와서?

뒤늦게 입탑 마법사를 제안하는 에기오스가 못마땅했는지 루인은 잔뜩 미간을 찌푸리고 있었다.

"글쎄요."

처음의 우려와는 달리 오히려 이제는 마법학부의 생활이 더 익숙하고 편했다.

특히나 아무런 커리큘럼도 없는 '목소리' 그룹은 자신의 기량을 회복하기에 그야말로 최적의 공간.

원한다면 언제든지 지혜의 라이브러리에서 백마법의 지혜를 열람할 수 있었다.

원하는 수업만 골라서 청강할 수 있기에 몸을 단련할 수 있는 시간도 더 많아졌다.

가장 마음에 드는 건 교수와 생도들의 시선에서 더 자유로워진 것이었다.

학점만 재빠르게 쌓는다면 남는 시간을 오로지 실험실과 운동장, 도서관에서 보낼 수 있는 최고의 환경.

이런 좋은 환경을 버리고 이제 와서 온갖 간섭과 시선으로 머리가 복잡할 마탑을 선택한다?

보나 마나 헤데이안 학부장이나 이 에기오스 같은 노인네들로 득실득실할 마탑이다.

그런 노인네들의 끈질긴 호기심을 견딜 생각을 하니 벌써부터 머리가 지끈거려 왔다.

"전 졸업을 할 겁니다."

그래도 일단은 르마델 왕국의 현자이자 마탑주.

굳이 에기오스와 척을 지거나 거리를 느끼게 할 필요는 없었다.

원하는 것을 얻어 낼 수 있다면 차라리 적당한 기대감과 희망을 주는 편이 옳았다.

"무, 물론일세. 생도로서 무사히 아카데미를 마쳐야지. 당연히 입탑(入塔)은 그 이후일세."

모든 생도들이 간절히 바라 마지않는 입탑의 기회.

그런 입탑의 기회를 협상의 조건으로 삼을 수 있다니.

루인은 새삼 자신이 창안한 융합 마법의 위력을 실감했다.

"조건이 있습니다."

"말해 보게!"

루인은 최대한 이기적으로 굴 생각이었다.

과연 그런 불합리를 마탑주가 받아들일 수 있을까?

"마탑주님의 권위로 무투대회의 일정을 조금 조정해 주실 수 있으십니까?"

"무투대회……?"

"네. 저와 함께 목소리 그룹에 속한 생도들이 무투대회를 준비하고 있습니다. 하지만 수업과 훈련을 한꺼번에 소화하기엔 일정이 너무 촉박합니다."

사실 오래전부터 무투대회를 준비해 온 등급 생도들과의 격차가 너무 심했다.

이제 워메이지의 기본 소양을 닦아 가고 있는 목소리 생도들.

그런 생도들의 실력 문제도 있었지만 협력 전투의 경험이 전무한 것이 가장 큰 문제였다.

이대로 몇 달 뒤에 벌어질 무투대회에 참가한다면 결국 자신의 원맨쇼가 될 수밖에 없었다.

그럴 거라면 차라리 단체전을 포기하고 개인전에만 집중하는 편이 옳은 것이다.

루인은 차분하게 기다렸다.

자신을 어느 정도까지 마탑에 붙잡아 두고 싶은지, 그런 현자의 마음을 가늠하면서.

"마탑주가 학부의 행사까지 개입할 순 없네. 하지만……."

에기오스가 희미하게 웃기 시작한다.

"장담하지. 이 내가 헤데이안을 반드시 움직여 보겠네."

에기오스는 헤데이안 학부장이 지금 어떤 상태인지를 잘 알고 있었다.

루인이 무투대회에 참가하겠다는 사실을 듣는 순간 눈을 뒤집으며 기대와 열망에 빠져들 위인.

그런 헤데이안을 설득하는 일이란 빵을 뒤집는 것보다 쉬운 일이지 않은가?

"일정 변경이 가능하단 얘깁니까?"

가볍게 던져 본 말을 단번에 수락해 오니 루인은 놀랄 수밖에 없었다.

기대한 건 아니었다.

왕립 아카데미의 무투대회.

상징성, 의미, 후원 규모 등 충분히 왕국의 중추적인 행사에 속했다.

그런 거대한 규모의 행사가 한낱 생도의 말에 일정이 변경될 수가 있다니.


-저 현자 놈은 그 다프네란 아이를 네놈에게 붙인 당사자가 아니냐? 너를 드래곤이라고 확신한 것이다.


루인이 천천히 고개를 끄덕였다.

과연 자신을 드래곤이라고 철석같이 믿어 버렸다면 이 정도의 반응이 무리는 아닌 것이다.

"다만 일정의 변동 폭이 크진 않을 걸세."

"저희가 1등위에 오른 이후면 족합니다."

"그 정도라면 한두 달이 아닌가?"

"초봄 이후면 좋겠습니다."

에기오스가 수염을 쓸며 말했다.

"좋네. 변경된 일정은 추후 통보해 주겠네."

"그럴 필요까지 없습니다. 어차피 무투대회의 일정이 변경되면 학부에 공지할 것 아닙니까?"

"그건 그렇지. 허허."

이제야 여유를 되찾았는지 에기오스의 표정이 한결 보기 좋게 변해 있었다.

"다른 용무가 없다면 이만 물러가겠습니다."

"알겠네."

루인이 연구실을 나가자 에기오스의 얼굴에도 짙은 기대감이 서렸다.

녀석의 무투대회라니.

에기오스는 벌써 그날이 기다려졌다.


◆ ◇ ◆


덜컥-

실험실의 문을 거칠게 열고 들어오는 슈리에.

"소, 소식 들었어요?"

시론이 심상에서 깨어나며 인상을 썼다.

"이미지 중인 거 안 보이나?"

"아, 죄송해요! 하지만 급한 일이라!"

슈리에에게 아직 듣지 않았지만 루인은 그녀의 말을 충분히 예상하고 있었다.

"무투대회의 일정 변경이 공지된 모양이군."

"어? 어떻게?"

슈리에가 의문으로 굳어졌을 때 시론이 벌떡 일어났다.

"뭐? 변경? 그게 언제지?"

"내년 3월. 봄 방학 이후로 변경되었어요."

"갑자기?"

처음엔 놀랐으나 곰곰이 생각해 보니 나쁜 일은 아니었다.

그렇지 않아도 학점 채우기와 등급 시험의 대비로 바쁜 와중에, 무투대회 준비까지 병행하려니 몸과 마음이 함께 병들어 가는 기분이었다.

시론이 환하게 웃었다.

"차라리 잘됐다! 시간을 번 셈이야!"

루인도 자신의 요구를 정확하게 들어준 에기오스가 가상했다. 하지만 생도들에게 티를 내진 않았다.

"고작 조금 늦춰졌을 뿐 달라진 건 아무것도 없다. 우린 하던 대로 한다."

리리아가 루인을 쳐다봤다.

"그래도 시간을 번 이상 학점을 채우는 일에 더 중점을 두었으면 한다. 특히 다프네가 많이 급하다."

인상을 찡그리는 루인.

1학기 수업이 전무한 다프네 때문에 항상 계획이 어그러졌다.

결국 루인은 다프네의 역량을 믿을 수밖에 없었다.

"이제 우리는 너와 겹치는 수업이 없다. 단독으로 수업에 참여하고 알아서 학점을 채울 수 있겠나?"

"물론이죠. 두 달이면 충분할 거예요."

"훈련까지 불참하라는 뜻은 아니야."

"……."

다프네가 축 처진 어깨로 다시 이미지를 시작하자 시론이 창가 쪽을 흘깃 쳐다봤다.

"저 녀석들은 어떡할 거지?"

시론의 시선이 가리키고 있는 창가엔 낙제생 커플이 앉아 있었다.

자꾸만 눈에 밟히니 시론도 은근히 신경이 쓰였던 모양.

"어차피 도태될 애들이다. 우리가 뭘 한다고 어떻게 될 일이 아니야."

냉정한 리리아의 대답.

시론이 의외라는 듯 리리아를 바라봤다.

"너 저 루이즈의 동조 감응을 직접 보고도 그런 소리를 하는 거냐?"

"그래서? 그게 다다. 아무리 특별한 재능을 지녔어도 언령

자체가 봉쇄된 아이다. 그런 상태로 마법학부의 수업을 따라가는 건 너무 힘든 일이다."

"너, 어브렐가의 후예가 맞는 거냐?"

"무슨 소리지?"

시론이 더욱 황당한 표정을 했다.

"'그분'의 이름을 미들네임으로 가지고 있으면서 그런 소리를 한다고?"

"그, 그건……."

침묵의 마법사 드리미트.

벙어리로 태어났지만 절대언령(絶對言靈)을 깨우치며 대마법사로 거듭난 희대의 천재 마법사.

리리아가 그의 이름을 미들네임으로 갖고 있는 건 다름 아닌 그의 직계 후손이기 때문이었다.

"절대언령은…… 재능으로만 가능한 것이 아니다. 인간의 언어적 한계를 초월해야……."

그러다 루인과 눈이 마주친 순간, 리리아는 더 이상 말을 잇지 못했다.

그의 눈빛이 북극성처럼 시리게 빛나고 있었기 때문이다.

"……왜 그런 눈으로 보는 거지?"

루인은 리리아의 어그러진 단면을 느끼고 있었다.

지금까지 그녀는 누군가의 가능성을 부정하거나 험담을 한 적이 없었다. 아니 관심이 없었다는 편이 정확할 것이다.

그런데, 그런 리리아가 선조와 닮은 모습의 루이즈를 함부로 말한다는 건 하나뿐이었다.

"너. 가문을 증오하고 있나?"

"뭐……?"

정상적인 드리미트의 후예였다면 루이즈를 오히려 축복하고 응원해 줘야 마땅하다.

선조를 사랑하고 공경하는 마음이 조금이라도 있다면, 결코 저런 한심한 말들을 내뱉을 수 없을 테니까.

"가문의 마도(魔道)를 부정하고 남부의 학파를 따르는 것도 그런 이유 때문인가."

"너! 함부로……!"

순간 루인의 눈이 따뜻한 빛을 머금었다.

"너를 좀 더 알게 되었군."

의지가 강한 눈빛, 드높은 열정을 지닌 소녀다.

그런 리리아가 저토록 힘겹게 견디고 있다면 그 상처는 무척이나 깊고 아릴 것이다.

하지만 상처를 극복하고 일어서는 건 스스로의 문제.

특히 혈족과 가족의 문제는 타인이 함부로 간섭할 일이 아니다.

"친하게 지내."

"누구……?"

루인이 루이즈를 응시했다.

"루이즈는 네가 마음에 드는 것 같은데."

루이즈가 환하게 웃으며 리리아를 향해 손을 흔들고 있었다.

◆ ◈ ◆

늘 그랬던 것처럼 루인은 심상에서 깨달은 것들을 정리하기 위해 장미 정원으로 산책을 나왔다.

한데 기이한 작열감을 동반한 두통이 사라지지 않고 계속 그를 괴롭히고 있었다.

실험실에서부터 조금씩 통증이 시작되었는데 당시에는 대수롭지 않게 넘겼었다.

하지만 이제는 시야가 어지러울 정도로 고통이 심해진 상태.

결국 루인이 비틀거리자 쟈이로벨의 걱정 어린 영언이 들려왔다.

-무슨 일이 있는 거냐?

"음……."

루인은 흑암의 공포로 군림해 온 대마도사.

웬만한 고통으로는 눈썹 하나 까딱하지 않는 녀석이 신음까지 흘리며 비틀거리고 있으니 쟈이로벨의 걱정은 이만저만이 아니었다.

잠시 벤치에 앉은 루인이 천천히 자신의 육체를 관조하기 시작했다.

천천히 융합 마력을 끌어올리며 혈주신의 권능으로 치환, 그렇게 끌어올린 마력을 이내 온몸으로 흘려 보냈다.

체내의 모든 장기와 근육들은 정상, 혈류 역시 정상이었다.

심장은 차분히 뛰고 있었고 육신 전체가 활기로 가득했다.

너무 완벽하게 건강해서 다소 당황스러울 정도.

그렇다는 건 정신에 문제가 생겼다는 건데 그건 더 말이 안되는 상황이었다.

하루도 심상 수련을 빼먹지 않고 있는 루인은 자신의 정신 상태를 누구보다 객관화하고 있었다.

최근에 이르러서 루인은 회귀 초기보다 훨씬 심적으로 안정된 상태.

심상 수련을 하는 내내 조급한 목표를 버리고 마음을 다스려 온 것이다.

루인은 아무리 생각해도 머리를 통째로 달궈 오는 이 미칠 듯한 두통의 이유를 찾을 수 없었다.

'아무런 이상이 없다가 갑자기 이런 두통이 밀려온다는 것

은 오늘의 심상 수련에 어떤 문제가 있었다는 건데…….'

그때, 쟈이로벨의 영언이 다시 들려왔다.


-아까의 심상을 더 이어 가 봐라. 뭔가 집히는 게 있다.


이렇게까지 쟈이로벨이 진지하게 말한다면 가벼운 감은
아닐 것이다.

루인이 산책을 뒤로하고 다시 실험실을 향했다.

모두 기숙사로 되돌아갔는지 실험실에는 아무도 없었다.

루인이 자리를 잡고 앉으며 곧장 심상에 빠져들었다.

순간적으로 육체의 감각이 둔해지며 점차 정신이 확장된
다.

금방 가상의 공간, 이미지의 세계를 구축한 루인이 담담하
게 읊조렸다.


〈말해 봐. 이제 뭘 하면 되지?〉


-아까 전에 했던 마력 칼날 수련을 계속 이어 가 봐라.


최근 들어 루인이 가장 파고들고 있는 마법은 헤이로도스
의 술식 변환.

루인은 그런 술식 변환으로 분열된 마력 칼날들을 단순히

쏘아 보내는 데 그치고 싶지 않았다.

자신의 장점인 염동력을 활용해 좀 더 통제하고 싶어진 것이다.

물론 상상할 수 없는 수준의 연산력이 전제되어야 하지만, 완성할 수 있다면 또 다른 차원의 마법을 개척하는 셈.

수천 개의 마력 칼날을 의지대로 부릴 수 있다면 전장에서 압도적인 위력을 발휘할 수 있을 것이다.

츠츠츠츠츠-

술식 변환으로 분열되기 시작한 마력 칼날이 순식간에 백 개, 천 개로 불어났고.

흑암의 공포가 갈고닦아 온 회로 연산력과 만 년 이상 축적된 그의 염동력이 그대로 복잡한 술식에 스며들었다.

곧바로 이어지는 강렬한 언령.


〈천변(千變)의 칼!〉


대마도사의 절대적인 의지가 입으로 흘러나와 심상의 세계로 퍼져 나간다.

루인의 융합마도식(融合魔道式)에서 처음으로 이름을 갖게 된 술식, 천변의 칼이었다.

우우우우웅-

모든 마력 칼날이 미세한 떨림을 머금기 시작했다.

마력과 염동력이 썰물처럼 빠져나가자 정신을 가눌 수 없을 정도의 탈력감이 몰아쳤지만 루인은 이를 악다물었다.

아까 전처럼 여기서 버티지 못하고 무너진다면 또다시 술식의 완성은 물 건너가게 된다.

마침내 마력 칼날들의 떨림이 멈추자.

휙휙휙-

마치 하나하나가 살아 있는 검처럼 매서운 위력을 떨치기 시작했다.

엄청난 연산으로 인해 뇌가 통째로 달아오르는 듯한 느낌.

아득해진 정신, 그렇게 혼절 직전까지 내몰린 루인에게서 광기의 미소가 흘러나왔다.


-그만 멈춰라! 죽고 싶은 것이냐?


자칫 정신 붕괴로 이어질 수도 있는 위험한 상황.

이런 급박한 상황에서도 저렇게 여유롭게 웃을 수 있는 인간이라니!

이윽고 루인이 연산과 염동을 멈추었다.

술식이 잦아들어 마력 칼날들이 천천히 허공에서 분해되고 있을 때 루인의 입에서 아쉬움이 흘러나왔다.


< 지금으로선 고작 이 정도란 말인가. >

자신의 모든 역량을 한계까지 몰아붙이고 얻은 지속 시간은 불과 4초.

아예 수확이 없다고는 할 수 없겠지만 마음에 차는 결과까지는 아니었다.

마력과 염동력, 회로 연산력, 술식의 구성력 등 모든 면에서 압도적인 역량을 지닌 루인이었지만 4위계라는 마법의 경지가 발목을 잡고 있었다.

-미친놈! 애초에 네 개의 고리로 이런 지고의 술식을 구성하는 시도 자체가 말이 안 된다! 네놈에게 만 년 이상 축적한 염동력이 없었다면 술식을 맺는 즉시 피를 토하고 죽었어야 정상이다!

〈신소리 그만하고. 그래, 뭐가 문제인 거지?〉

다시 작열하는 두통 때문에 심상의 세계가 이지러지기 시작했다.

비록 위험한 도박을 벌이긴 했지만 아직도 루인은 자신에게 무슨 문제가 생긴 건지를 파악할 수 없었다.

잠시 생각을 정리하던 쟈이로벨이 다시 영언으로 말했다.

-네 연산력과 염동력의 이상으로 일어난 현상은 아닌 것

*같다. 확실히 마법 자체는 이상이 없다는 뜻이지.*

감상은 짧았지만 내심 쟈이로벨은 놀라고 있었다.

놀라운 술식 구성력과 융합 마력의 치환 과정, 염동으로 마력를 통제하는 방식, 순간적으로 술식을 장악하는 언령 등.

그야말로 모든 면이 원작자인 헤이로도스의 지혜 이상이었다.

완성도만 따진다면 마신인 자신의 흑마법과도 별반 차이를 느끼지 못할 정도.

하지만 단 한 가지 걸리는 것.

방금 루인이 펼친 술식은 역설적이게도 '마법사의 마법'이 아니었다.

*-특이할 만한 건 네놈이 통제하는 마력 칼날의 움직임, 그 자체다.*

〈무슨 뜻이지?〉

*-마력 칼날들의 움직임에서 네놈의 역량과 성향이 단 하나도 느껴지지 않는다. 혈주투계를 익히고 있는 너라면 분명 지극한 효율을 추구할 텐데 그런 효율이 하나도 느껴지지 않아. 이건 혈주투계도 뭣도 아니지 않느냐?*

순간 루인은 소름이 돋았다.

마력 칼날들을 통제하는 것에만 집중했지, 놀랍게도 마력 칼날들을 어떤 움직임으로 유도했는지는 기억이 나지 않는 것이다.

〈어떻게 이런……?〉

이건 정말 말도 안 되는 일.

궤도, 관성, 가속 등에 따라 연산하는 방식이 모두 달라진다.

그런 움직임을 유도했다면 그에 알맞은 연산과 염동이 뒤따랐을 것인데, 직접 펼치고도 기억이 나지 않는다?

─이 정도까지 자연스러운 움직임을 구사한다는 건 틀림없는 네놈의 잠재의식이다. 한데 마치 어떤 검술을 펼치는 듯한 느낌이었지. 혹시 혈주투계 외에 다른 검술을 익히고 있느냐?

익히고 있는 검술은 없었다.

과거, 검성을 비롯한 동료들의 영향을 받은 건 사실이지만 직접 몸으로 익힌 건 혈주투계뿐.

─네놈의 치밀한 감각을 무시하고 구현되는 마법이라면 의

*식의 발현 외에는 설명되지 않아. 그리고 그런 마력 칼날의*
*움직임들은 명백한 검술(劍術)이었다.*

그때.
루인이 크게 놀랐다.

〈설마 그분…… 사흘 님의 검술이란 말인가?〉

사흘 르마델 비셰리스마 베른.
그의 사념에 의해 강제로 의식에 새겨져 버린 절대적인 검술.
아무리 다시 떠올리려 해 봐도 도저히 심상으로 맺히지 않아 방치하듯 내버려 둔 심득이었다.
이제는 한없이 아득하고 희미해져 간헐적인 파편조차 떠오르지 않건만.
당연히 루인은 너무나 당황스러울 수밖에 없었다.

-썩을!

뒤틀린 심사가 고스란히 느껴지는 쟈이로벨의 영언.
어쩐지 묘하게 거슬린다 했더니 역시 사흘 놈이 루인의 의식에 새겨 넣은 검술의 파편이었던 것이다.

·······:

루인이 서클을 늘리며 더욱 드높은 경지에 다다른다면?

결국엔 그 찢어 죽일 놈의 검술이 다시 세상에 구현되는 꼴이었다. 그것도 검술이 아닌 마법으로.

게다가 자신의 계약자나 마찬가지인 루인의 능력을 빌려 구현된다니!

〈그런데 이 지독한 두통과 그 일에 무슨 상관관계가 있는 거지?〉

-흥! 네놈이 이해하고 발휘한 능력이 아니지 않느냐? 잠재된 의식을 함부로 꺼내 썼으니 당연히 부작용이 따를 수밖에 없다.

〈거지 같군.〉

화아아악-

심상 세계를 빠져나오며 이미지를 끝낸 루인이 거칠게 얼굴을 구겼다.

이번 일로 자신의 마법이 어떻게 얼마나 변질될지 상상이 가지 않았다.

또다시 통제할 수 없는 변수를 안고 살아가야 하다니.

*-마력 칼날의 통제는 당분간 자제하는 것이 좋을 거다. 지금의 경지로는 감당할 수 있는 술식이 아니야.*

강대한 융합 마력에 어울리지 않는 네 개의 고리.

고리를 일곱 개 정도까지 늘리는 건 지금이라도 당장 가능한 일이었지만 루인은 끈질긴 인내력으로 참아 냈다.

마법사에게 있어서 불안정한 고리가 얼마나 치명적인 독으로 작용하는지 모르지 않았기 때문.

대마도사의 의식과 지혜를 지녔다지만 엄연히 과거의 육체였다.

단계를 밟아 나가지 않고 단숨에 극복하려 든다면 그릇이 부서지는 건 당연한 수순이었다.

*-뭐, 네놈의 가문에는 좋은 일이 아니냐?*

쟈이로벨의 말대로 자신의 머릿속에 각인되어 있는 미지의 검술은 가문이 그토록 찾고자 했던 시조의 유산.

더욱이 초인을 아득히 능가하는 초월자의 검술이었다.

만약 자신의 마법으로 제대로 구현하는 것이 가능해진다면 그 위력이 어느 정도일지 감도 잡히지 않았다.

어쩌면 이 일은 기회일지도 모른다.

역시 문제는 직관적으로 받아들인 지혜가 아니라 잠재의식 속에 잠들어 있는 지혜라는 것.

이런저런 생각으로 머리는 더 복잡해졌지만 아이러니하게도 두통은 점점 사라지고 있었다.

그때 실험실의 문이 열렸다.

드르륵-

문을 열고 들어온 시론.

그가 루인을 보자마자 소름이 돋는다는 듯 야릇한 표정을 했다.

"와 씨. 벌써 준비하고 있었던 거냐?"

기숙사에서 간단한 정비를 마친 후 식사도 대충 끝내고 곧장 실험실로 뛰어왔다. 그럼에도 루인을 따라잡지 못한 것이다.

루인이 창밖의 시계탑을 바라보더니 묵묵하게 일어났다.

"식당에 다녀오겠다."

"응? 아직 안 먹은 거였냐?"

시론이 마치 승리자라도 된 듯이 기이하게 웃고 있었다.

"금방 먹고 오겠다."

"하하! 천천히 와도 돼."

시론이 여유롭게 자리에 앉으며 이미지 자세를 취했을 때.

드르륵-

시론에 이어 실험실에 도착한 생도는 다프네였다.

"안녕하세요?"

"어? 벌써 수업을 다 들었다고?"

최근 목소리 생도들 중 가장 바쁜 시간을 보내고 있는 다프네.

아무리 그녀가 입탑 마법사라지만 마법학부의 학점을 채우는 건 단순히 실력만으로 되는 것이 아니었다.

그러나 그녀의 표정엔 활기가 넘치고 있었다. 마탑에서는 겪을 수 없었던 두근거림이 이 마법학부에는 있었다.

"혹시 헬렌 교수님을 만나 보셨나요?"

다프네의 질문에 시론이 고개를 저었다.

"마도학 개론 수업은 아직 멀었잖아? 왜?"

"아, 복도를 지나다가 우연히 헬렌 교수님을 만났는데……."

"만났는데?"

다프네가 루인을 쳐다봤다.

"조만간 우리 목소리 생도들만 따로 수업을 진행할 거라고 하더군요."

"우리들만 따로? 왜지?"

"모르죠. 야외 수업이라던데."

"야외 수업?"

온갖 마법 이론을 머릿속에 욱여넣는 것만으로도 벅찬 무등위 생도들에게 한가로운 야외 수업이라니?

분명 야외 수업은 등급 생도들의 전유물이다.

게다가 목소리 생도만 따로 수업을 하는 저의는 또 뭐지?

"우리 대응 계획에 없던 일인데 낭패로군. 루인, 뭐 집히는 거라도 있나?"

실험실을 나서던 루인이 뒤를 돌아보며 무심하게 말했다.

"쓸데없는 호기심이겠지."

Chapter. 25

밤의 어스름이 가득 차오를 무렵.

루인과 생도들은 '지혜의 사원'이라 불리는 왕립 아카데미의 성지로 향하고 있었다.

저벅저벅.

어둠 속을 파고드는 기다란 가로수 길.

그런 나무에 매달린 마법 조명들이 밤바람에 의해 위태롭게 흔들리고 있었다.

그렇게 한참을 걸어가 가로수 길을 벗어나자 저 멀리 거대한 석상이 시야에 들어왔다.

안개에 휩싸인 초대 학장의 석상.

시론은 왠지 모를 을씨년스러운 분위기에 몸을 떨었다.

"아니 하필 왜 이 시간대지?"

이제 곧 자정.

모든 생도가 잠자고 있을 이 늦은 시간에 굳이 목소리의 생도들만 따로 부른 이유를 도무지 알 수 없었다.

"이런 비밀스러운 야외 수업이 있다는 건 들어 보지 못했어요. 좀 수상한데요?"

슈리에의 불안한 목소리에 다프네가 대답했다.

"헬렌 교수님께 직접 전해 들은 장소예요."

"확실하지?"

생도들의 대화를 들으며 묵묵하게 걸어가던 루인은 문득 밤하늘을 올려다보았다.

두터운 외투를 걸치고 있음에도 제법 매서운 한기가 느껴졌다.

북부 대륙에 속한 르마델의 겨울은 혹독하기로 유명했다.

이제 곧 겨울.

다른 왕국에 비해 지극히 짧은 르마델의 가을은 그렇게 끝나 가고 있었다.

"……헬렌 교수님? 응?"

왕립 아카데미의 초대 학장, 마도사 슈레이터의 석상 아래 헬렌 교수가 서 있었다.

한데 그녀뿐만 아니라 게리엘도스 교수를 비롯한 여러 교수들이 함께 서 있는 것이 아닌가?

심지어 저 짙은 밤갈색 로브의 노인.

비록 후드를 쓰고 있어 제대로 얼굴을 살필 수 없었지만, 어깨까지 기다랗게 흘러내린 백발로 인해 그의 정체를 단숨에 유추할 수 있었다.

"어?"

"헤데이안 학부장님은 또 왜……?"

생도들의 당황한 반응.

그를 보자마자 루인은 이 야외 수업이 헬렌 교수의 의지로 비롯된 수업이 아니라는 걸 즉각적으로 알아차렸다.

틀림없이 학부장.

그가 이 모든 일의 원흉일 것이다.

"어서들 와요."

어둠 속에서 헬렌 교수의 고르고 새하얀 치아가 밝게 빛났다.

그렇게 목소리 생도들이 어안이 벙벙해진 표정으로 굳어져 있을 때, 헤데이안 학부장의 늙수그레한 목소리가 들려왔다.

"생도들은 초대 학장님께 예를 올리게."

어색하게 서 있던 목소리 생도들이 하나둘 마법사의 예법을 취하자.

"시론 생도."

학부장의 부름에 시론이 숙이고 있던 고개를 슬며시 들었다.

"예?"

"이 지혜의 성토(聖土) 위에서 오직 진실만을 말할 것을 이 학부장에게 약속해 줄 수 있겠는가."

시론이 침을 꿀꺽 삼키며 거대한 석상을 마주 바라본다.

마도사 슈레이터.

르마델 왕국을 설계한 장본인이자 왕립 아카데미를 창립한 초대 학장.

그는 초대 국왕에 근접하는 명예와 위상을 지닌 위대한 르마델의 현자였다.

이 기사들의 왕국에서 마법학부의 명맥이 끊이지 않고 있는 것은 오로지 그의 공이라고 해도 무리가 없는 터.

신성시되는 이름, 그 위대한 현자의 석상 앞에서 시론은 감히 거짓을 입에 담을 수 없었다.

"예, 약속하겠습니다."

"그럼 믿고 묻겠네. 학부 관리실에서 대전투장 16관의 열쇠를 가져간 적이 있는가?"

"예……?"

순간 루인의 눈썹이 꿈틀거린다.

학부장의 선명한 의도를 드디어 알아낸 것이다.

자신들을 이곳으로 불러 모은 이유는 명확했다.

아직 때가 덜 탄 생도들.

르마델을 향한 애국심, 또한 마법사로서의 자긍심이 들끓는 시기.

그런 생도들의 순수한 마음을 이용하기 위해 이 성소에 모이게 한 것.

어린 생도들의 성향을 정확히 이해하고 있는 학부장의 노련함에 루인은 순간적으로 웃음이 새어 나왔다.

'그래서였나.'

유독 어두웠던 가로수 길.

으슬거렸던 바람.

사방에 짙게 내리깔린 안개.

술식의 흔적을 지우긴 했지만 분명 루인은 인위적인 느낌을 받았었다.

만약 그 모든 게 학부장이 의도한 연출이었다면 정말이지 소름이 돋는 노인이 아닐 수 없었다.

"그, 그건……."

당황하며 루인을 쳐다보고 있는 시론.

하지만 루인은 침잠한 눈빛으로 학부장을 직시할 뿐이었다.

생도들의 심리를 위축시키기 위해 이 정도로 치밀한 무대를 준비했다?

고작 질책이나 징계를 위해?

그런 단순한 의도였다면 치밀한 연출이 필요하지도 않았을 것이다.

일단 학부장의 의도를 파악하는 것이 먼저였다.

"제가 시킨 일입니다."

사실이기도 했고 시론에게 피해를 끼칠 필요는 없었다.

지금까지 학부장의 태도를 미뤄 봤을 때 이 무대는 자신을 끌어들이려는 수작일 확률이 높았다.

루인에게서 흡족한 대답이 흘러나오자 학부장은 금방 이를 드러냈다.

"혹시 전투장에 출입한 것이 무투대회의 준비를 위함이었던가?"

루인은 굳이 부정하진 않았다.

"그렇습니다."

"호오!"

웅성웅성.

교수들은 하나같이 놀라운 표정을 하고 있었다.

무등위 생도 단계에서 무투대회를 참가하겠다고 나선 것은 아카데미 역사상 처음 있는 일.

"우리 교수님들을 괴롭혀 온 것 역시 무투대회 때문이겠지?"

여전히 무심한 얼굴을 하고 있는 루인.

괴롭혔다는 어감이 묘하게 거슬렸지만 교수들의 입장에선

그럴 만하다고 생각했다.

교수의 성향에 따라 일부러 논쟁을 벌이거나 발표회의 분위기를 엉망으로 만들기까지 했으니.

또한 고대의 이론으로 범벅이 된 과제를 제출하기도, 마탑과 경쟁 관계에 있는 학파의 이론을 주장하기도 했다.

몇몇 교수들은 목소리 생도들의 과제를 반박하기 위해 연구실에 틀어박혀 마도서만 읽는다는 소문까지 들려왔다.

"교수들과 치열한 논쟁을 벌일수록 좋은 학점을 받을 확률이 높다는 판단이겠죠."

여전히 은은하게 웃고 있는 헬렌 교수.

패를 읽힌 것이 불쾌했는지 루인의 얼굴이 어두워져 있었다.

"자네들의 의도는 반쯤 성공했네. 이렇게 교수들과 이 학부장까지 나서게 만들었으니 말일세."

도대체 무슨 말을 하려고 이렇게 계속 뜸을 들이는 걸까.

전투장에 출입한 것을 확인했다면 교칙에 따라 처벌하면 될 일.

계속 변죽만 울려 대는 학부장의 태도를 루인은 이해할 수 없었다.

"처벌을 원하신다면 따르겠습니다."

루인의 말에 헤데이안 학부장이 크게 웃었다.

"허허허! 처벌이라니 그 무슨 황당한 소린가? 벌을 내리고자

했다면 교율청의 사람을 보내면 될 일. 굳이 야외 수업이라는 형식을 빌려 자네들을 보자고 했겠는가?"

"……원하시는 것을 말씀해 주십시오."

순간 헤데이안 학부장이 허공에 수인을 맺기 시작했다.

어지럽게 맺힌 마력의 빛살이 복잡한 도형과 회로로 술식을 그려 냈을 때.

커다란 마법구(魔法球) 하나가 공간을 일그러뜨리며 소환되고 있었다.

화르르르르-

거세게 타오르기 시작한 불길.

학부장이 펼쳐 낸 독특한 마력의 결을 읽어 낸 루인의 두 눈에 기이한 이채가 감돌았다.

'구유의 불?'

그것은 다름 아닌 헤이로도스의 마법인 구유의 불.

하지만 완벽히 이해하고 펼친 수준은 아니었다.

술식의 겉면만 흉내 내는 정도.

"자네도 이 화염을 일으킬 수 있겠지?"

루인은 참을 수 없는 의문을 느꼈다.

도대체 어떻게 알았을까?

"자네가 헤이로도스의 술식 변환을 펼치고 있는 광경을 내 직접 보았네."

시론이 바람에 흩날리고 있는 학부장의 백발을 멍하니 바라보고 있었다.

실험실의 창문 밖에서 아른거렸던 그 백발의 정체가 학부장이었다는 것을 드디어 깨달은 것이다.

"또한 대전투장의 조사를 끝마쳤네. 자네의 디스펠 술식이 미치지 못한 공간에서 잔존 마력을 읽어 낼 수 있었지. 그래서 확신할 수 있었네."

"……."

루인이 침묵하자 헤데이안 학부장의 희열에 찬 눈빛이 쏘아졌다.

"루인 라이언 생도. 자네는 역시 위대한 헤이로도스의 마법을 완벽하게 전승한 것인가?"

완벽(完璧)?

마도에 몸담고 있는 마법사가 함부로 언급할 수 있는 단어가 아니다.

그럼에도 학부장은 루인의 마법에 대해 서슴없이 완벽이라 칭하고 있었다.

"학부장님처럼 그저 흉내나 겨우 내는 수준입니다."

"프하하하핫!"

루인의 기똥찬 대답에 헤데이안 학부장이 허리가 꺾어질 정도로 웃고 있었다.

감히 르마델 왕국의 현자가 펼쳐 낸 마법더러 어설픈 수준이라 평가하다니!

하나 그 말은 분명 자신이 펼쳐 낸 마법의 수준을 읽어 냈다는 뜻.

한데 그때.

호기심 가득한 눈으로 구유의 불을 바라보고 있던 루이즈가 천천히 걸어가 화염과 어울렸다.

"아으……!"

스스스스스-

구유의 불이 기다랗게 찢어지더니 루이즈의 작은 손바닥 위로 모여든다.

술식의 영향을 벗어난 마력이 제멋대로 움직이자 학부장의 두 눈이 찢어질 듯 부릅떠졌다.

"그래! 이 아이였군! 이 아이였어!"

온몸에 소름이 돋았다.

마법을 시전한 당사자의 술식을 아무런 저항 없이 헤집을 수 있다니!

이런 강력한 동조 감응의 능력자는 살아생전 처음이었다.

헤데이안 학부장은 찬찬히 목소리 생도들을 훑어보았다.

루인, 시론, 세베론, 다프네, 리리아, 슈리에.

풍겨 오는 마력의 결을 살펴봐도 대부분 3위계 이상의 경지가 느껴지는 천재적인 생도들.

게다가 저 동조 감응의 생도에겐 마법의 위계를 평가하는 것 자체가 무의미하다.

"교수님들은 이리 모여 주시게."

"예! 학부장님!"

"네."

교수들이 모이자 헤데이안 학부장이 참았던 속내를 드러냈다.

"나는 저 생도들의 등급 시험을 생략할 작정이네."

게리엘도스 교수가 멍한 얼굴로 굳어졌다.

"하, 학부장님?"

경악한 표정의 헬렌 교수가 금방 고개를 도리질했다.

"그, 그런 일은 전례가 없어요! 아카데미의 전통, 교칙을 부정하는 행위예요!"

"학부장의 직권, 거기에 교수들의 전원 동의라면 얘기가 달라지지."

"아니 그런 일에 어떻게 저희가 동의를……?"

헤데이안 학부장의 시선이 머나먼 창공을 향했다.

"더 이상 지상(地上)에 있을 필요가 없는 녀석들이라는 걸 자네들도 느끼고 있지 않은가? 감히 자네가 헤이로도스의 전승자를 평가할 수 있겠는가? 저 동조 감응의 생도는?"

"그래도……."

"저런 녀석들에게 무등위 생도 시절의 학점 따위가 무슨 의미가 있겠는가? 그리고 자네들은 궁금하지도 않은가? 헤이로도스의 마법을 이은 녀석의 무투대회 말일세."

학부장과 교수들의 실랑이를 바라보던 생도들은 지금 이 순간이 마치 꿈처럼 느껴졌다.

학부장이 직접 나서서 교수들에게 부정 청탁을 하다니?

루인이 학부장을 향해 입을 열었다.

"시선이 모이는 건 싫습니다."

자신들에게 이런 어마어마한 특혜가 주어진다면 소문이 걷잡을 수 없이 퍼질 것이다.

"이 학부장이 직접 나서는 일일세. 더욱이 학점의 압박에서 자유로워지고 싶은 건 자네들의 염원이 아닌가? 더욱 훈련에만 집중할 수 있을 텐데?"

"……."

"그냥 내 호의를 받게. 다 좋은 게 좋은 거야."

충분히 솔깃한 제안이었지만 루인은 불안했다.

이런 먹음직한 제안을 내밀고 그가 무엇을 얻으려고 할지 너무 뻔했기 때문이었다.

"다만 이 학부장의 작은 요구 사항이 있네."

드디어 올 것이 온 건가.

하지만 이어진 학부장의 말은 루인이 예상한 수준을 아득히 벗어나 있었다.

"이 헤데이안이 목소리 그룹의 지도 교수를 맡겠네."

"……."

단순히 헤이로도스의 마법 시연 요구나 전투 연습의 참관을 예상했었다.

한데 지도 교수라면 말이 달랐다.

루인이 단칼에 거절했다.

"못 들은 걸로 하겠습니다."

아무런 커리큘럼 없이 자유로운 수련을 위해 선택한 그룹이었다.

한데 누군가의 간섭, 더구나 그 주체가 헤데이안 학부장이라면 루인은 이 그룹에 있을 필요가 없었다.

"내일 당장 '허가권'을 발급해 준다 해도?"

"허가권이라니요?"

헤데이안 학부장이 왕국의 하늘, 머나먼 허공을 응시했다.

"등급 생도들의 진짜 아카데미. 위장용이 아닌, 저 하늘에 있는 진짜 아카데미의 출입 허가권 말일세."

이어진 헬렌 교수의 날카로운 비명.

"학부장니임—!"

멍해져 버린 시론.

그 무감각한 리리아조차 놀란 표정으로 굳어 있었다.

과거 대재앙 '유성 폭풍'을 겪은 르마델 왕국.

그렇게 왕실은 알칸 제국의 창칼이 아니라 천재지변 한 번에도 왕국의 운명이 위태로워질 수 있음을 깨달았다.

결국 마탑의 전 역량과 천문학적인 비용이 어우러져 탄생한 것이 바로 부유 이동형 공중 도시 르마델 에어라인.

직계 왕족, 고위 귀족가, 왕실 대신, 기사단, 아카데미의 등급 생도 등.

제법 많아 보여도 왕국의 전체적인 인구 비율로 따진다면 공중 도시의 존재는 극히 제한된 정보였다.

그런 공중 도시의 존재를 직접 입으로 언급하는 어른이 생도들에겐 처음이었던 것.

만약 이 자리에 왕국의 배신자나 타국의 첩자가 있다면 헤데이안 학부장의 언사는 즉참감이라고 봐도 무방했다.

'공중 도시라······.'

그래서였나.

루인이 바라본 왕립 아카데미에는 출입이 불가능한 폐건물, 실험실 등의 버려진 장소가 너무 많았다.

절반이 흉물처럼 변해 버린 대전투관들을 복구하지 않은 데는 보다 근본적인 이유가 있었던 것이다.

무엇보다 아카데미에서 활동하는 등급 생도들이 너무 극소수였다.

루인은 아카데미에 무등위 생도들로만 득실거렸던 이유를 비로소 깨달았다.

"······."

문득 루인이 하늘을 바라보았다.

지금의 경지로는 저 거대한 공중 도시를 감싸고 있는 마법의 장막이 느껴지지 않는다.

얼마나 멀리 떠 있는지 또 어떤 형태인지, 융합 마도를 걸고 있는 마법사의 시계(視界)로도 살필 수가 없는 것이다.

놀라운 수준의 마력 결계는 차치하고서라도, 도시 규모의 부유물을 하늘에 띄우는 데 필요한 마정석(魔精石)은 대체 얼마나 될까?

루인에게도 공중 도시를 직접 경험하는 건 이번이 처음이었다.

재앙 초기, 악제의 군단장들이 펼친 마력 포격에 의해 베스키아 산자락에 추락했다는 소식은 전생의 동료들에게 들었었다.

쟈이로벨의 열화판 마법을 익힌 후 세상에 나왔을 땐 지옥처럼 변해 버린 처참한 흔적들뿐이었다.

반드시 추락을 막아야 했다.

그러려면 보다 많은 정보가 필요했다.

"수락하겠습니다."

헤데이안 학부장이 환하게 웃었다.

이 노인네의 의도를 모르진 않았다. 하지만 피할 수 없다면 그를 철저하게 활용해야만 할 것이다.

물론 귀찮은 일이 많이 생길 테지만, 달리 생각하면 학부장은 가장 가까운 곳에 있는 현자급 마법사다.

백마법에 한정한다면 현자의 이해도를 자신이 능가할 순 없는 터.

"좋은 판단이네. 자네들에게 단숨에 등급 생도로 나아갈 수 있는 길을 내 친히 열어 주겠네."

"학부장님 저희는 아직⋯⋯!"

헬렌 교수가 창백한 얼굴로 고개를 젓고 있었다.

하지만 학부장은 완고했다.

"그만."

"학부장님!"

학부장과 교수들이 논쟁을 벌이고 있을 때 루인과 생도들은 슬며시 지혜의 사원을 빠져나왔다.

계속 있어 봤자 교수들의 따가운 눈총만 받을 것이 너무 뻔했기 때문이다.

쌀쌀함이 더해진 왕립 아카데미의 아침.

목소리 생도들은 여느 때처럼 새벽에 일어나 운동장을 뛰고 있었다.

새벽의 괴이한 야외 수업 때문에 평소보다 수면 시간이 더 짧았으나 놀랍게도 불참한 생도는 한 명도 없었다.

며칠 전부터 그랬던 것처럼 게리엘도스 교수는 역시 오늘도 보이지 않았다.

항상 생도들과 거리를 두고 운동장을 뛰던 그였지만 갑자기 무슨 바람이 불었는지 더 이상 그는 운동장에 나타나지 않았던 것.

그렇게 목소리 생도들이 운동과 식사를 끝내고 실험실에 모였을 때.

아드레나가 빨간 머리를 휘날리며 찾아와 학부장의 지시를 전했다.

"에, 짐을 싸세요. 지금 당장."

"지, 지금 당장?"

시론의 되물음에 아드레나가 싱긋 웃었다.

"에, 어쨌든 축하해요. 이제 당신들도 진정한 시민권의 주인공들이니까."

결국 교수들이 학부장에게 두 손 두 발을 다 들어 버린 모양.

역시 리리아가 가장 먼저 실험실을 벗어나 기숙사를 향해 걸어갔다.

"쟨 이 정도 사건에도 아무런 감흥이 없는 건가?"

등급 평가 없이 곧바로 1등위에 오르는 일은 길고 긴 마법학부의 역사에서 찾아볼 수 없는 대사건.

아무리 천재 생도라 해도 등급 체계를 부수는 일은 아카데미의 교칙이 한 번도 허락지 않은 일이었다.

"우리 정말 괜찮겠나?"

매사에 자신만만했던 시론이었지만 오늘만큼은 그도 후환

을 두려워하고 있었다.

"뭐, 더 잘된 일이 아닐까요? 시간이 문제일 뿐 어차피 언젠가는 가게 될 곳인데."

다프네가 창문으로 내리쬐어 오는 햇살에 자신의 손등을 이리저리 비추었다.

알맞은 각도를 찾자 그녀의 손등에 새겨진 청록색의 룬(Rune)이 언뜻언뜻 드러났다.

이를 바라보던 아드레나가 호오- 하고 호기심을 드러냈다.

"에, 당신은 이미 왕국의 '진짜 시민권자'였네요."

다프네의 손등 위에 마법으로 새겨져 있는 청록빛 룬 문양은 사실 에어라인의 허가증이었다.

그녀는 진즉에 에어라인을 경험한 진짜 시민권자였던 것.

"에, 잘됐네요! 그럼 굳이 제 안내를 받을 필요가 없잖아요? 입천(入天) 절차는 숙지하고 있죠, 다프네 생도?"

"바뀌지 않았다면요."

"바뀐 것이 뭐가 있겠어요."

기분이 좋아졌는지 헤실거리며 웃던 아드레나가 힐끔 창밖의 하늘을 쳐다봤다.

"그럼 저기 위에서 다시 뵙죠. 후배님들."

아드레나가 쫄래쫄래 사라지자 루인이 다프네를 응시했다.

"뭘 준비하면 되지?"

"짐이요. 그리고 알몸으로 오세요."

"뭐?"

싱긋.

"물론 간단한 잠옷 정도는 걸치구요. 버려도 되는 걸로."

"왜지?"

"허가받지 않은 물건들을 몸에 지니고는 공간 이동진에 올라탈 수 없어요. 짐 가방 역시 에어라인의 세밀한 검사 후에야 다시 돌려받을 수 있죠."

"그게 의미가 있나?"

분명 장거리 통신용 아티펙트, 고위계 마법 스크롤, 불법적인 무기 등.

공중 도시에 위협이 될 만한 물건들을 차단하려는 의도일 것이다.

하지만 마법사에겐 그런 간단한 수가 통할 리가 없었다.

"걱정 마세요. 아공간도 털릴 테니까."

루인은 웃고 있었다.

보나 마나 특수한 아티펙트를 통해 마법사의 마력이 이어지고 있는 주변의 왜곡장을 읽어 낼 것이었다.

그러나 루인의 헬라게아는 그런 마법사들의 평범한 아공간이 아니다.

그런 종류라면 아무런 문제가 될 게 없었다.

궤짝을 열어 보는 거라면 좀 찝찝했는데 다행히 헬라게아에 넣고 이동하면 그만이었다.

물론 아무런 짐도 없다면 괜히 의심만 살 테니 생도복과 세면도구, 마도서 몇 권 정도만 짐으로 처리하면 될 일이었다.

루인의 발걸음이 기숙사로 향했다.

리리아가 당황한 눈빛으로 생도들을 쳐다보고 있었다.

새 생도복을 깔끔하게 차려입은 자신과는 달리, 다른 생도들은 모두 잠옷 바람으로 모여 있었기 때문이다.

"너, 너희들 지금 무슨 수작이지?"

더러운 것을 본 것마냥 눈을 흘기는 리리아를 향해 시론이 실실 웃기 시작했다.

"아, 넌 듣지 못했군. 공간 이동진을 탈 땐 알몸이 필수다."

"뭐? 왜 그래야 하지?"

보다 못한 슈리에가 설명을 마쳤을 땐 리리아의 얼굴이 더욱 일그러져 있었다.

"대체 왜 내가⋯⋯."

"리리아⋯⋯."

르마델 왕국의 충신 가문, 마도명가 어브렐가의 직계 후손이다.

그런 자신을 첩자 취급하는 왕국의 처사에 그녀는 모멸감으로 치를 떨고 있었다.

다프네가 생긋 웃으며 리리아를 쳐다봤다.

"국왕께서도 공간 이동진에 오르실 땐 알몸으로 오르신다고 들었어요. 당연히 귀족들이나 대신들도 마찬가지겠죠."

"……."

비록 잠옷을 걸친다 해도 잠옷 안에 아무것도 입지 않는다는 건 상상조차 할 수 없었다.

대귀족의 영애로 살아온 리리아에게 이보다 더한 모멸감은 없을 터.

더욱이 공간 이동진에 오르는 순간에는 그 잠옷마저도 벗어야 했다.

아무리 공간 이동진이 남녀 전용으로 각자 분리되어 있다지만 부모님에게도 보여 주지 않은 몸.

그때, 시계탑을 확인하던 루인이 담담하게 입을 열었다.

"시간이 없다. 리리아."

모든 시험을 건너뛰고 등급 생도로 나아가는 길에 이런 터무니없는 장애물이라니.

오직 세베론만이 그녀의 고충을 이해하는 듯했다.

"보채지 마, 루인. 우리에겐 쉬운 일이어도 리리아에겐 충분히 어려울 수 있으니까."

세베론이 턱짓으로 창문 밖, 아카데미의 정문을 가리켰다.

"먼저들 가. 여기서 기다렸다가 리리아와 함께 갈게."

"그럴 필요 없다."

그대로 짐을 들고 기숙사로 향했던 리리아가 금방 다시 되돌아왔다.

가늘게 몸을 떨고 있는 리리아.

제법 쌀쌀해진 날씨 탓인지 수치심 때문인지는 알 수 없었지만 루인은 애써 리리아를 외면하며 궤짝을 들었다.

루인이 제법 묵직해 보이는 궤짝을 가볍게 들어 올리더니.

시커먼 공간의 아가리로 쑥 집어넣자 다프네가 묘한 눈빛을 했다.

"아공간에 숨기는 건 소용없을 텐데요? 뭔지는 모르겠지만 불순한 물건이라면 그러지 않는 게 좋을 거예요."

피식 웃던 루인이 먼저 길을 나섰다.

"가지."

실험동을 빠져나오자마자 마차가 기다리고 있었다.

모든 창문이 새카맣게 칠해져 밖의 상황을 전혀 알 수 없는 마차.

추가로 잔잔한 술식의 잔향이 느껴지는 것이, 미지의 마법진이 마차에 새겨져 있는 것이 틀림없었다.

아마도 추적 방지용 술식.

에어라인으로 향하는 공간 이동진의 위치는 왕국의 극비 중의 극비였다.

곧장 마차의 문이 열리며 학부장의 얼굴이 빼꼼히 드러났다.

"어서들 타게. 왜 이리 늦었는가?"

"죄, 죄송합니다."

시론을 선두로 일곱 생도들이 모두 마차에 올랐다.

불행하게도 루이즈의 단짝 말코이는 이번 등급 패스에 참여하지 못했다.

전반기 수업을 낙제한 말코이의 생도 생활을 모두 조사한 학부장이 결국 녀석의 뇌물 입학을 알아 버린 것이다.

부유한 상인 자제들의 뇌물 입학은 왕왕 있는 일.

루인과 생도들은 별다른 동요가 없었지만, 말코이 녀석의 유일한 친구였던 루이즈는 상심이 제법 큰 듯했다.

루인이 그녀의 등을 쓸었다.

"언젠가 녀석을 다시 보게 될 거야. 루이즈."

루이즈가 붉어진 눈시울을 닦으며 훌쩍거리고 있을 때 드디어 마차가 출발했다.

덜컹덜컹.

규칙적인 진동, 은은한 마력진의 파장, 눈을 감고 있는 학부장, 거기에 햇빛이 차단된 마차 안의 음침한 분위기까지.

여유롭게 팔짱을 끼고 있는 루인과는 달리, 생도들은 긴장감에 몇 번이고 목울대를 꿀꺽거렸다.

루인처럼 여유를 유지하고 있는 생도는 다프네가 유일했다.

"다들 너무 긴장할 필요는 없어요. 사실 별거 없거든요."

루인이 그녀에게 물었다.

"이동진을 통과한 그 이후에는?"

"면접이 남아 있긴 하지만 그냥 형식이죠. 신원만 확실하다면 특별히 문제 될 건 없어요."

루인이 동그랗게 눈을 떴다.

신원이라면 자신에게는 문제가 되는 것이다.

지금의 신분은 루인 라이언.

마탑주 에기오스가 자신을 어떤 신원으로 꾸몄는지를 알 수 없는 상황이다.

함부로 면접을 마주했다간 지상으로 추방을 당할 수도 있는 것이다.

루인이 여전히 눈을 감고 있는 헤데이안 학부장을 바라봤다.

그런 위험한 상황이 닥치기 전에 어떻게든 저 학부장을 움직여야 했다.

덜컥-

-도착했습니다.

마부의 충직한 음성이 들려오자 학부장이 눈을 떴다.

"이만 내리지."

마차에서 내렸지만 여전히 새카만 공간 속.

사방에서 느껴지는 축축한 습기.

거기에 햇빛도 없는 공간이 이토록 따뜻한 것을 보니 꽤 깊숙한 지하임이 틀림없었다.

"저기 붉은 수정구가 보이는가?"

"네!"

"보입니다!"

생도들이 우렁차게 대답하자 학부장이 다프네를 쳐다봤다.

"저곳이 여성용 공간 이동진이네. 다프네 생도가 잘 인솔해 주리라 믿네."

루인이 그 반대편에 은은하게 빛나는 푸른 수정구를 응시했다.

틀림없는 남성용 공간 이동진일 것이다.

"자네들은 나를 따르게."

학부장이 남생도들을 이끌어 푸른 수정구 앞에 도착했다.

자세히 보니 푸른 수정구는 커다란 원통 모양의 방에 박혀 있는 마력 촉매인 듯 보였다.

끼이이익-

방의 문이 열렸고.

곧 지하의 음산한 분위기와 대비되는 새하얀 내부가 드러났다.

바닥의 공간 이동진이 뿜어내고 있는 빛살이었다.

"옷을 벗고 들어가게."

"네."

루인과 시론, 세베론이 차례로 공간 이동진 위에 서자.

쿵.

문이 닫히며 늙수그레한 학부장의 목소리가 들려왔다.


-그럼 조만간에 다시 만나지.


"……!"

학부장이 함께 가지 않을 줄은 생각지도 못한 루인이 당황한 눈빛을 하고 있었다.

면접은 이제 어떡하지?

그때 시론이 경외의 눈으로 루인을 쳐다봤다.

"넌…… 어떻게 다 가진 거지?"

루인이 고개를 갸웃거리고 있을 때.

시론의 시선은 더 이상 아래를 향하지 않았다.

◆ ◇ ◆

공간 이동진을 처음으로 겪는 사람이 가장 견디기 힘들어 하는 점은 바로 소음이었다.

마력이 공간을 왜곡하면 상상할 수 없는 전이 고주파가 발생한다.

그 고주파가 공기와 마찰하면 귀를 찢을 듯한 소음으로 변하게 되는 것이다.

삐이이이이-

시야가 일그러질 정도의 두통.

시론은 창백해진 얼굴로 사력을 다해 귀를 막고 있었지만 아무리 막아 봐도 소용이 없었다.

얼마나 강력한 고주파였는지 피부까지 쩍쩍 갈라지는 것만 같았다.

지이이잉-

나직한 공명음과 함께 고주파가 잦아들었을 때 시론이 바닥에 엎드리며 속에 있는 모든 것을 게워 내기 시작했다.

"우욱!"

단 몇 초에 불과했지만 마치 지옥에 다녀온 것만 같은 심정.

고통을 다스리며 힘겹게 고개를 들던 시론이 루인의 얼굴을 보며 멍해졌다.

"끄으으…… 왜 넌 아무렇지도 않은 거지?"

루인의 표정엔 그 어떤 고통도 드러나 있지 않았다.

그저 반쯤 눈을 뜬 채로 담담히 서 있을 뿐.

"고주파를 상쇄하는 방법은 의외로 간단하다. 술식으로 반대위상(反對位相)의 파동을 발현하는 거지."

"뭐……?"

"지금 겪은 고주파의 파동을 잘 기억해 둬라. 공간이 왜곡될 때 발생하는 고주파의 파동을 파악하지 못한 상태에서는 반대위상의 파동을 구현하는 게 불가능하니까."

세베론도 비틀거리며 일어나더니 루인에게 물었다.

"끄으으…… 도대체 위상이란 게 뭐야?"

"진동이나 파동의 일주기(一週期)를 뜻한다. 그 일주기 내에 발견되는 모든 특징과 변수를 총칭하지."

"아……."

그제야 조금씩 이해하기 시작한 시론과 세베론.

짝을 이루는 파동들이 서로 톱날처럼 맞물리게 되면 고유의 특성이 제로가 되는 회귀 성질.

그것은 디스펠의 술식에서 활용되는 '회로 상쇄'의 개념 같았는데, 좀 더 생각을 해 보니 그보다는 좀 더 고차원적인 이론인 듯했다.

하지만 세베론은 금방 의문이 생겼다.

"그럼 넌 공간 이동진을 경험해 본 적이 있는 거야?"

"당연하다."

"응?"

마도명가의 시론이나 마법 교실에서 천재 소리를 들으며 자란 자신도 공간 이동진 같은 고위 아티펙트는 처음 경험하는 것.

"너희들도 얼마 전에 메스 텔레포트를 경험한 적이 있다."

세베론은 베스키아 산의 봉화대로 수업을 나갔을 때 게리엘도스 교수가 펼쳐 보였던 메스 텔레포트를 기억해 냈다.

"아, 그렇지……."

공간 이동진의 하위 술식 메스 텔레포트.

하지만 그때는 이런 소음 같은 건 전혀 없었잖아?

세베론의 표정에서 그런 의문을 읽은 루인이 한숨을 내쉬었다.

"후, 당연히 게리엘도스 교수의 메스 텔레포트에는 반대위상을 발휘하는 술식이 녹아 있기 때문이다."

시론이 버럭 화를 냈다.

"아니, 교수님도 할 수 있는 건데 왜 여기엔 없는 거냐!"

"게리엘도스 교수는 마법사고 이건 아티펙트다. 게다가 이동 거리와 수용 인원 자체도 다르고."

그렇게 루인과 생도들이 실랑이를 벌이고 있을 때 갑자기 문이 덜컥 하고 열렸다.

"악!"

그제야 자신이 알몸이라는 걸 인지한 시론이 재빨리 중요 부위를 가렸다.

문을 열고 들어온 중년의 남자가 묘한 눈으로 내부를 살피더니 퉁명하게 말했다.

"그만 나오시죠. 운행에 차질이 있습니다."

"아, 도착하면 우리가 나가야 하는 거였습니까?"

그렇게 묻던 시론이 금방 억울한 표정을 했다.

아니 이런 몰골로?

"초행이시군요. 금방 적응되실 겁니다. 그럼."

중년의 남자가 문을 닫고 나가자 루인이 가장 먼저 움직였다.

중요 부위를 가리지도 않고 오히려 더 당당하게.

시론은 왠지 부러움과 설움이 함께 밀려왔다.

저 녀석, 분명 스스로 아는 거다.

남자로서 위대하다는 걸.

덜컥.

그렇게 루인 일행이 문을 열고 공간 이동진을 벗어났다.

"어……."

시론이 더욱 멍해졌다.

열쇠가 꽂혀 있는 수많은 락커장 앞, 알몸으로 태연하게 걸어 다니는 남자들.

세베론도 문화 충격을 느꼈는지 그저 입만 벌린 채 멍하니

서 있었다.

한데.

삐—

뾰족한 알람음과 함께, 직원으로 보이는 남자 서너 명이 루인 일행을 향해 빠른 걸음으로 다가오고 있었다.

루인은 그들 중 한 명이 들고 있는 원통형 아티펙트를 유심히 바라보았다.

원통형 아티펙트에서 흘러나오는 고유의 마력 파장을 살핀 루인은 감지 마법이 작동했다는 것을 쉽게 알 수 있었다.

"안녕하십니까. 에어라인의 방문 등록을 담당하고 있는 퍼스트 아레아(First Area)의 경비대 소속, 피요르입니다. 협조를 부탁드리겠습니다."

이어 경비대원 피요르는 루인 일행의 손등에 차례대로 원통형 아티펙트를 갖다 댔다.

역시 아무런 반응이 없자 다시 피요르의 목소리가 울려 퍼졌다.

"첫 방문이십니까?"

일견 친절하고 정중해 보였지만 정작 말투는 차갑기가 짝이 없다.

방문하는 모든 사람들을 의심하고 관찰해야 하는 경비원들의 직업병.

"네. 첫 방문입니다."

대답하는 루인의 위아래를 살피던 우두머리 경비원이 흡-
하고 숨을 들이켰다.

그 이유를 왠지 시론은 알 것 같았다.

"흠흠, 신분 증명의 절차가 있겠습니다. 첫 방문자에게는
왕국에서 의복 일체를 제공해 드리고 있습니다. 저희를 따라
오십시오."

루인 일행이 경비원들에게 지급받은 옷을 입고 길을 나섰
다.

퍼스트 아레아를 살펴본 루인의 첫 느낌은 구조물들이 너
무 빽빽하다는 것이었다.

그야말로 공간을 극한까지 활용하는 느낌.

그러니 얽히고설킨 길들이 오히려 르마델 나이트 캐슬 성
보다 더 복잡하게 느껴졌다.

"와아……."

"주, 죽인다!"

시원하고 청량한 바람.

퍼스트 아레아의 끝자락에 다다르자 드디어 하늘이 보였
다.

그리고 눈앞에 환하게 드러난 르마델 에어라인의 진면목.

그야말로 시야가 닿는 끝까지 직선의 구조물이 이어져 있
다.

이 공중 도시에 왜곡장이 없다면 지상에서는 기다란 막대

기처럼 보일 것이다.

루인은 공중 도시를 이렇게 구축한 이유를 대충 짐작하고 있었다.

이 공중 도시를 하늘에 부유할 수 있게 만드는 마정석은 일정한 범위 안에 너무 많이 설치하면 불안정한 성질을 띠게 된다.

그렇다고 마정석의 간격을 지나치게 벌릴 수도 없는 것이, 부유 술식을 품은 마정석의 수가 부족해 구조물을 공중에 띄우지 못하게 되는 것이다.

결국은 긴 막대기 같은 이런 기형적인 구조만이 최선이었을 터.

"……."

인간 진영 전체를 이끌며 재물이라면 지긋지긋하게 다뤄 온 루인.

그런 루인조차도 이만한 공중 도시를 띄우는 데 필요한 재원이 얼마나 될지 감을 잡을 수 없었다.

그야말로 천 년 이상 축적한 르마델의 모든 것을 쏟아부었을 것이다.

이건 인간이 지닌 마도, 아니 첨단 마공학의 승리.

주변의 왕국들, 더욱이 알칸 제국의 집요한 침략에 시달려 온 르마델 왕실이 얼마나 공을 들였는지를 여실히 느낄 수 있었다.

적어도 이 공중 도시만 파괴되지 않는다면 언제든 왕국을 재건할 수 있다는 확신이 있었을 터.

하지만······.

루인은 보았다.

베스키아 산자락 전체를 덮어 버린 그 거대한 에어라인의 잔해를.

'군단장'들의 마력 포격에 아무런 저항도 없이 파괴되어 버린 그 과거를.

당시의 에어라인은 마력 결계도 대응 포격도 작동하지 않았다.

분명 이 에어라인 내부에 배신자가 암약하고 있었다는 뜻.

지금 이 순간에도 에어라인의 지휘부를 단숨에 점령할 수 있는 적들이 활보하고 있을지도 모른다.

그 끔찍한 재앙을 아는 자는 자신이 유일.

그렇게 루인이 진득한 눈빛을 빛내며 걷고 있을 때, 경비원들이 말한 '등록 보안청' 앞에 다다랐다.

"이곳입니다. 저기 줄을 서서 기다리시면 됩니다. 한 줄은 입천(入天)하는 사람들이고 또 다른 하나는 출천(出天)하는 사람들입니다."

루인은 경비원이 시선으로 가리킨 곳을 응시했다.

과연 사람들이 기다랗게 두 줄을 서서 기다리고 있었다.

지상에 갈 때도 일정한 절차가 필요한 듯 보였다.

이 정도로 치밀하게 보안을 유지했는데도 아무런 저항도 못 하고 마력 포격을 처맞았단 말인가.

그렇게 씁쓸한 심정으로 걸어간 루인이 줄을 서자.

덜컥-

등록 보안청의 문이 열리며 일단의 사람들이 쏟아져 나왔다.

"마, 말도 안 돼! 우린 그냥 지역 상인들이라고!"

"이건 정말 모함입니다! 저희는 그딴 물건을 취급한 적 없어요!"

"사, 살려 줘!"

척척척!

이내 육중한 무장을 한 기사들이 그들을 철저하게 에워싸자.

등록 보안청의 입구에서 말끔하게 정복을 차려입은 행정 요원이 밖으로 나왔다.

곧 행정 요원이 냉랭한 눈빛으로 손에 들고 있던 장부를 그들에게 던졌다.

"누굴 바보로 아는군. 그대들의 장부에는 알칸 제국에서 활동하는 레게일 상단의 비밀 부호가 적혀 있다."

"저, 정말 모르는 일입니다! 여기 있는 놈들 대부분이 까막눈이라고!"

"마, 맞습니다! 전 글을 모릅니다! 그런 비밀 부호 따윈 더더욱 모르고요!"

행정 요원은 더 이상 그들의 말을 듣지 않았다.

"형을 집행해 주십시오."

"알겠습니다."

척척척.

기사들이 에워싸며 기다란 창으로 위협하자 상인들은 점점 한곳으로 모일 수밖에 없었다.

이윽고 그들의 의복이 미친 듯이 펄럭거리기 시작했다.

그들의 발밑에서 매서운 바람이 솟구치고 있는 것이다.

휘우우우!

그곳은 다름 아닌 철창살로 겨우 유지되고 있는 허공이나 다름없는 곳.

불순분자들이 모두 철창살 위에 올라섰을 때 기사 하나가 기다란 손잡이를 우악스럽게 잡아당겼다.

철컥-

추르르르르-

거대한 톱니바퀴가 작동하며 철창살의 틈이 점점 벌어졌고.

"으아아아아!"

"살려 줘어-!"

상인들이 미친 듯이 철창살의 구석으로 달려갔지만.

으아아아아아—

기다란 메아리만 남기고서 그들은 남김없이 추락해 버렸다.

덜덜덜.

그 처참한 현장에 시론이 어깨를 떨고 있었다.

살면서 이런 무시무시한 광경을 처음 보는 것은 세베론도 마찬가지.

"루인 님!"

아무것도 모르는 다프네가 활짝 웃으며 뛰어온다.

반대로 그녀와 함께 도착한 리리아는 심상치 않은 분위기를 느꼈는지 감각을 곤두세우며 주변을 살피고 있었다.

"……무슨 일이 있었던 거지?"

"모, 모르는 게 좋아."

"흐음."

하지만 그런 시론의 배려가 무색하게 곧이어 또 다른 불순분자들이 지상으로 추락하고 말았다.

슈리에가 망연자실한 표정으로 그 처참한 현장을 바라봤다.

"이런 비윤리적인……."

다프네가 대답했다.

"에어라인에선 흔한 일이죠. 이 정도는 앞으로 일상처럼 겪게 되실 거예요."

"어떻게 정식 재판도 없이 사람을 함부로 죽이는 거죠?"

싱긋 웃는 다프네.

"에어라인이니까요."

다시 주변의 분위기를 살피는 슈리에.

다프네의 말대로 대부분의 사람들은 별다른 반응 없이 묵묵히 줄을 기다리고 있을 뿐이었다.

정말로 이게 일상이라는 건가?

"왕성과 분위기가 많이 다를 거예요. 지상에서의 합리가 이곳에서는 불합리인 경우가 많거든요."

"……"

"'진짜 아카데미'도 마찬가지겠죠. 빨리빨리 적응하는 편이 좋을 거예요."

"지상의 아카데미와 어떤 면에서 다르다는 거지?"

루인의 질문에 다프네가 배시시 웃었다.

"길드와 귀족가의 후원을 받는 강자들로 즐비하니까요. 그들은 생도라고 할 수도 없어요."

"그들?"

"이명(異名)을 지닌 진짜 강자들 말이에요. 이미 고위 기사급 이상의 명성을 지닌 자들로 수두룩하죠."

루인은 이해할 수 없었다.

"귀족가와 길드의 후원을 왜 아카데미는 통제하지 않는 거지? 많은 갈등과 암묵적인 계급이 생길 텐데?"

"왜 안 하겠어요? 당연히 아카데미는 갈등을 해결할 방법을 제시하고 있죠."

"뭐?"

다프네가 더욱 화사하게 미소 지었다.

그 모습이 아찔할 정도로.

"결투로."

Chapter. 26

짧은 설명이었지만 대마도사의 직관은 많은 상황을 유추해 내고 있었다.

결투.

신성한 대결이니 아카데미의 규율이니 예쁜 포장지를 덧씌워 놨겠지만, 결국 힘없는 생도들의 입장에선 그냥 '야만'일 것이다.

통념적으로 결투가 성사되면 생사(生死)나 부상을 서로에게 묻지 않기 때문.

당연히 힘없는 생도들의 입장에서 결투란 '죽음' 혹은 '사고'와 동일시되는 단어일 터.

왕족과 귀족, 기사, 평민, 농노 등.

왕국에서의 삶처럼, 이곳 에어라인의 등급 생도들 역시 적당한 위치에서 순응하며 살아가고 있을 것이다.

사실상 작은 왕국처럼 굴러가는 셈.

하지만 루인의 의문은 거기에서 끝나지 않았다.

"마법 생도들의 입장에선 불합리군."

대인전이 갖는 특성상 결투는 마법사에게 지극히 불리하다.

더욱이 기사 생도들의 수가 압도적으로 많다는 점까지 고려한다면, 마법 생도들의 난처한 상황이 눈앞에 그려질 정도.

"뭐 그건 지상도 다르지 않죠. 르마델은 애초에 기사들의 나라니까요. 사실 우리 마법 생도들끼리야 경쟁입네 하지만 아카데미 전체로 볼 땐 비주류인 게 현실이죠."

듣고 있던 시론이 짜증이 난 목소리로 되물었다.

"왜 아카데미는 그런 야만적인 결투를 허용하는 거지?"

곰곰이 생각하던 다프네가 자신의 생각을 말했다.

"에어라인을 살아가는 시민권자들만의 독특한 문화가 있어요. 땅, 식량, 물 등 모든 자원이 지상보단 한정되어 있거든요. 이 도시가 수많은 갈등이 발생할 수밖에 없는 구조적인 한계를 지니고 있단 뜻이죠."

"공간 이동진이 있는데 왜?"

루인의 담담한 목소리가 이어졌다.

"물동량에 한계가 있겠지. 우리가 경험한 공간 이동진은 아무리 많아도 몇 군데 정도일 거다. 공간 이동진을 구동할 정도의 마력 촉매제는 매우 희귀해서 단순히 돈만으로는 구할 수가 없다."

"그것도 그렇고, 이제 경험해서 잘 아시잖아요? 에어라인의 철저한 절차를."

무겁게 고개를 끄덕이는 루인.

공간 이동진으로만 물자를 확보해야 하는 물리적인 한계도 있었지만, 그보다는 그런 행정적인 한계가 더욱 장애물로 작동할 것이다.

반입되는 물자들을 모두 철저하게 검수해야만 하니 유동량이 굼뜰 수밖에 없는 것.

그렇게 루인 일행이 복잡한 심경으로 대화를 나누고 있을 때 행정 요원의 차가운 목소리가 들려왔다.

"왕립 아카데미에서 오신 생도분들은 입장하십시오."

"아! 알겠습니다!"

저 행정 요원의 잔혹한 일 처리를 빠짐없이 지켜본 세베론은 군기가 바짝 들어 있었다.

큰 문제는 없을 거라고 다프네가 말했었지만 위장 신분으로 활동하고 있는 루인 역시 긴장하기는 매한가지.

등록 보안청의 내부에 들어서자 서너 명의 보안청 간부들이 책상에 앉아 있었다.

루인 일행은 행정 요원의 안내대로 가지런히 늘어져 있는 의자에 한 명씩 차례대로 앉았다.

"시론 마엔티 메데니아."

안경을 매만지며 서류를 확인하던 보안청 간부가 무심한 얼굴로 다시 입을 열었다.

"메데니아가(家)의 가보는 총 몇 개이며 각각의 쓰임새는 무엇입니까."

"총 3개. 유시엘라의 반지, 서천(西天)의 망토, 광염의 열좌(熱座)다. 한데 우리 가문의 보구들은 현자가의 비전인데 감히 그런 걸 묻는다고?"

그런 시론의 태도를 확인하며 보안청 간부가 희미하게 웃었다.

"메데니아가의 성물 창고의 위치는 어디입니까."

"미친, 무슨 수작이지?"

벌떡 일어난 시론이 불같이 이글거리는 눈으로 보안청 간부를 노려보고 있었다.

그 순간 보안청 간부는 그가 메데니아가의 직계 후손이라는 것을 확신했다.

"에다크. 저 생도에게 허가증을 부여하게."

"알겠습니다."

이번엔 등록 보안청의 다른 여간부가 리리아를 호명했다.

"리리아 드리미트 어브렐."

리리아의 무심한 눈빛이 그녀를 향했을 때.

"어브렐가의 가언을 말씀해 주세요."

"기쁨 없이 도약하라. 고통 속을 나아가라. 멸화(滅禍) 앞에서도 진리를 궁구하라."

가문의 하인들조차도 외우고 있는 어브렐가의 가언이다.

리리아는 고작 이 정도 질문으로 첩자를 솎아 내려는 보안청의 여간부가 얼간이처럼 느껴졌다.

그러나 그녀의 다음 질문에서 리리아는 굳어지고 말았다.

"가언 속의 멸화가 무엇을 뜻하는지를 말씀해 주세요."

"……."

그건 가문이 결코 드러내고 싶지 않은 치부이자 오랜 약점이었다.

한데 가언의 '멸화(滅禍)'에 다른 뜻이 있다는 걸 아는 것 자체가 저 여자 역시 알고 있다는 뜻이 아닌가?

리리아는 말없이 입술을 깨물며 자신의 심장 쪽을 손바닥으로 감쌌다.

그제야 여간부가 행정 요원을 응시했다.

"통과. 리리아 생도에게 허가증을 지급하세요."

이어 차례대로 생도들에게 심문이 이어졌다.

다프네의 말대로 허가증을 발급받는 데는 큰 무리가 없었다.

다만 생도들은 등록 보안청의 정보력에 감탄을 거듭해야만 했다.

가문의 비밀 같은 환경적인 요소부터 당사자가 아니라면 도저히 알 수 없는 인적 요소들까지 그들은 치밀하게 파악하고 있었다.

이제 남은 것은 다프네와 루인, 그리고 루이즈.

"한 분은 이미 시민권자시고……."

그때 손에 든 마법봉으로 다프네의 주변을 이리저리 휘두르던 행정 요원이 간부들을 응시했다.

"아공간이 있습니다."

이어 간부들이 다프네에게 아공간을 열어 달라고 주문했고.

내부를 살핀 행정 요원이 살짝 고개를 숙이며 별다른 이상이 없음을 간부들에게 알려 주었다.

"그럼 다음, 루인 라이언…… 흡!"

보안청 여간부가 경악한 얼굴로 안경을 고쳐 썼다.

서류를 들고 있는 그녀의 두 손이 벌벌 떨리기 시작했다.

동료가 이런 반응을 보인 적이 드물었기에 다른 간부들이 모두 그에게 모였다.

함께 서류를 살피던 간부들의 안색이 일변했다.

그들이 일제히 자리에서 일어나 예를 갖추려고 하자.

"그만."

차갑고 음산한 루인의 목소리에 간부들은 그대로 얼어붙고 말았다.

저 서류에 무엇이 쓰여 있을지 루인은 보지 않아도 알 수 있었다.

'빌어먹을 노인네 같으니.'

위장 신분 같은 허술한 수법으로는 이 등록 보안청의 날카로운 눈을 피할 수 없을 터.

결국 현자 에기오스는 자신의 진정한 정체, 하이베른가의 대공자라는 신분을 저들에게 통보했을 것이다.

"……새어 나가지는 않겠지?"

죽일 듯이 노려보는 루인의 눈빛에 간부들이 미친 듯이 고개를 끄덕였다.

"무, 물론입니다! 등록 '보안'청은 시민권자들의 개인 신상을 철저하게 관리하고 있습니다!"

무려 루인의 신원 보증인으로 현자의 직인(職印)이 찍혀 있었다.

만약 일이 생긴다 해도 책임은 마탑의 현자가 모두 지게 되니 더 이상 일을 크게 벌일 필요도 없는 것.

하지만 서류의 내용은 루인의 예측과는 달랐다.

유희 중인 위대한 일족.

현자의 말이 사실이라면 자신들의 눈앞에 서 있는 존재는 걸어 다니는 재앙, 그 자체.

"그럼 끝났군. 짐은 언제 돌려받을 수 있지?"

"최, 최대한 빨리 검수를 끝내겠습니다! 이틀만 기다려 주십시오!"

"어디서?"

"묵으실 여관의 위치를 통보해 주시면 직접 짐을 보내 드리겠습니다!"

"알았다."

이어 여간부가 떨리는 손으로 서류를 넘겼다.

그녀는 그렇게 루이즈의 서류를 살피다 또 한 번 굳어질 수밖에 없었다.

'하, 헤데이안 학부장의 신원 보증?'

르마델의 또 다른 현자 헤데이안의 인장이 선명하게 찍혀 있다.

대체 이 녀석들이 누구길래 왕국의 이름 높은 양대 현자들이 동시에 보증인으로 나선단 말인가?

결국 생도들은 손등에 마법룬을 새기고 등록 보안청을 나올 수 있었고.

당연히 모두의 시선은 루인에게 향할 수밖에 없었다.

세베론이 설마 하는 심정으로 물었다.

"설마 왕족인 거야……?"

마도명가인 어브렐가와 메데니아가의 직계들 앞에서도 꿈쩍도 하지 않던 등록 보안청의 간부들이다.

그것은 분명 왕족, 그것도 아니라면 최소한 명문 기사 가문에게나 보일 법한 태도.

이 르마델 왕국에서 검술명가와 마도명가의 위상은 하늘과 땅 차이였다.

시론이 세베론의 어깨를 감싸 안았다.

"아까 루인의 말을 듣지 못했나? 스스로 말하기 전까진 기다려 주는 게 친구다. 언젠가는 알게 되겠지. 조급해하지 마라."

시론답지 않은 어른스러움에 루인이 의외라는 듯 쳐다봤다.

"그런 흐뭇한 눈으로 보지 마라. 넌 참 이상하게 가끔 할아버지 같은 눈빛을 할 때가 있다."

그때, 다프네의 표정이 초초하게 변했다.

"잠깐! 여관을 잡으려면…… 우린 돈이 없잖아요?"

"돈? 문제 될 게 있나? 짐을 찾고 나서 지불하면 될 텐데?"

다프네는 더욱 안절부절못했다.

"얼마나들 있죠? 다들 말해 봐요!"

"200리랑?"

"난 150리랑 정도?"

"250리랑."

"2리랑쯤 남았나."

모두의 고개가 루인을 향해 휙 하니 돌아갔다.

아니 심상치 않은 신분을 숨기고 있는 주제에 꼴랑 2리랑이라고?

"터, 턱없이 모자라요! 최소한 방을 두 개는 잡아야 될 텐데, 그 방값만 해도 최소 400리랑은 할 거란 말이에요! 게다가 이틀 동안의 식대와 목욕물값, 침구 대여비 등을 다 합치면—"

"아니 뭐가 그렇게 비싸지?"

수도 왕성 르마델 나이트 캐슬의 평균 물가로 고려했을 때, 방이 두 개라고 해도 보름 정도는 거뜬히 지낼 수 있는 돈이었다.

한데 하루 숙박에 무려 200리랑이라니?

"아무리 물가가 비싸다고 해도 열 배 넘게 차이 나는 건 좀 심한데?"

"물값은 그렇다 쳐도 침구 대여비는 또 뭐죠?"

생도들은 상상도 하지 못했던 물가와 에어라인의 부박한 인심에 혀를 내둘렀다.

"청소비도 지불해야 되고 정해진 팁도 따로 있어요."

"와 씨? 거의 날강도 수준이잖아?"

리리아가 말했다.

"그럼 학부장님께 지금의 상황을 전달하고 도움을 요청하면 되지 않나."

다프네가 고개를 저었다.

"마법 통신을 하려고 해도 전달 촉매가 없잖아요! 죄다 짐

속에 있는데!"

"마법 통신소―"

"지금 당장 돈이 없잖아요 돈이! 마법 통신소가 외상을 받아 주는 거 봤어요?"

시론이 끼어든다.

"아니 그럼 신분을 증명하고……."

그렇게 말하던 시론이 금방 미간을 찌푸렸다.

가만 생각하니 지금 자신의 몸엔 가문의 위상을 증명할 만한 어떤 증표도 없는 것이다.

짐을 되찾지 못하는 이상 지금 자신들은 평민이나 다름없었다.

"어쩌지?"

무력한 평민의 삶을 여기서 이렇게 체감하게 될 줄이야.

생도들의 불안한 눈빛에 루인이 무덤덤하게 말했다.

"에어라인에 귀금속이나 마력 물질을 팔 만한 곳이 있나?"

"네……?"

다프네의 황당한 표정

"장물을 다루는 곳이면 더더욱 좋다."

"있긴 하죠? 그런데 그건 왜요?"

"안내나 해."

멍한 표정의 생도들이 루인과 다프네를 따라나섰다.

◆ ◇ ◆

리네오 길드의 장물 거래 담당 구스타스는 실망한 듯 쯧 하며 혀를 차고 있었다.

오랜만의 손님이라 제법 기대를 했건만.

앳되어 보이는 어린 소년 소녀들이 왕국에서 지급하는 기본 의복을 입고서 주르르 서 있었기 때문이다.

보나 마나 갓 에어라인의 시민권자가 된 애송이들.

당연히 기대감은 제로에 가까웠다.

그래도 손님으로 방문한 이상 예의는 갖춰야 했다.

"그래, 우리 어린 친구들께서는 무엇을 팔고 싶은 건지?"

세베론이 루인을 쳐다본다.

사실 루인이 평소에 보여 준 무게감이 없었다면 이런 위험함 곳을 따라오는 일은 결코 없었을 것이다.

루인이 구스타스의 맞은편 의자를 드르륵 당기며 차갑게 물었다.

"먼저 몇 가지 묻지."

"음……?"

귀족가의 애송이인가?

앉자마자 반말 짓거리라니.

구스타스는 재미있다는 듯 웃었다.

"말씀하시지요."

루인이 구스타스의 뒤편에 걸려 있는 길드 마크를 시선으로 가리키며 물었다.

"그대들이 감당할 수 있는 장물의 한계는 어느 정도지?"

"푸핫!"

구스타스는 너무 어이가 없어서 웃음만 터져 나왔다.

이 무시무시한 보안을 자랑하는 에어라인에서 대놓고 장물을 거래하는 길드다.

고위 귀족가는 물론 왕실과도 끈이 닿아 있는 이 리네오 길드를 감히 동네 점포로 취급하는 소년이라니.

"뭐 드래곤 하트라도 꺼내 놓을 거요?"

그 순간.

지이이이잉-

루인의 아공간 헬라게아가 공간을 찢으며 입구를 벌린다.

루인이 손을 집어넣었고.

곧 그가 헬라게아에 들어 있는 것들 중 가장 하찮게 굴러다니는 물건 하나를 꺼냈다.

"하? 꼴에 마법사였나? 뭐 얼마나 대단한 물건을…… 헙!"

루인이 꺼낸 것은 사람의 머리만 한 보석.

탁-

"다시 묻지."

온몸을 벌벌 떨고 있는 구스타스를 향해 루인이 새하얗게 웃었다.

"지불할 수 있겠나?"

지지지직-

루인이 꺼낸 커다란 보석.

미세하지만 강렬한 뇌전이 스파크처럼 튀며 보석 전체를 감싸고 있었다.

전형적인 마력 얽힘 현상.

그 말은 이 커다란 보석 전체가…….

"지, 진짜로 이것이……?"

"마정이다."

"헐!"

마정(魔精).

마정석을 만들기 위해서 반드시 필요한 기초 물질.

에어라인을 부유하도록 만드는 위대한 힘이자, 이 르마델 왕국이 눈에 불을 켜고 찾아다니는 근원 촉매.

"지불할 수 있느냐고 물었는데."

루인의 표정엔 못마땅한 기색이 가득했다.

이런 값비싼 물건으로 생도들의 시선을 끄는 것이 마음에 내키지 않았기 때문.

하지만 헬라게아 안의 보물들은 죄다 이런 것들뿐이었다.

마정조차도 헬라게아 안에서 흔한 물건.

진마력으로 가득한 마계에서는 마정의 출현 빈도가 인간계보다 훨씬 높았다.

과장을 조금 보태면 땅만 파면 나오는 수준.

실험이나 마도구를 제작할 때 필요할 정도만 확보하고 있었을 뿐, 만약 쟈이로벨이 마음만 먹었다면 헬라게아 안을 마정으로 가득 채우고도 남았을 것이다.

"자, 잠시만 기다려 주십시오."

구스타스에게는 마정의 순도를 가늠할 수 있는 역량이 없었다.

잠시 후 그는 흰수염을 기다랗게 늘어뜨린 노인과 함께 나타났다.

금방 다프네의 눈에 이채가 일었다.

'마도학자?'

노인에게서 풍겨 오는 독특한 마력의 파장을 읽은 다프네는 확신하는 눈치였다.

마탑의 지독한 마도학자들과 함께 부대끼며 살아온 자신만이 느낄 수 있는 감각.

문제는 한 번도 본 적이 없는 마도학자라는 것인데.

'우리 왕국의 마도학자가 아니야.'

마도학자의 칭호를 부여받은 마법사는 르마델 왕국 전체를 통틀어도 스무 명이 채 되지 않았다.

철저한 보안을 자랑하는 에어라인에서 타국의 마도학자를 초빙할 수 있다라.

본능적으로 다프네는 위험을 감지했다.

왕국의 은밀한 정보를 다루는 마탑의 일원이었기에 리네오 길드의 위상을 익히 들어 알고 있었지만 이건 그 이상이었다.

"허허, 정말로 마정(魔精)이군. 게다가 이런 최상품이 실제로 존재할 줄은 상상도 하지 못했어. 아, 난 테모도스라고 하네."

마도학자 테모도스의 두 눈이 희열로 번들거리고 있었다.

저 커다란 마정을 가공하여 마정석으로 재탄생시킨다면 대체 얼마나 많은 마정석(魔精石)이 쏟아져 나올지 그는 감조차 잡을 수 없었다.

이내 테모도스는 루인을 지그시 노려봤다.

"얼마를 예상하고 왔는가?"

루인이 예의 씨익 하고 웃었다.

"마정을 두고 흥정을 하겠다고?"

기껏해야 스무 살도 되어 보이지 않는 소년.

하지만 테모도스는 근원을 알 수 없는 막막함으로 가슴이 답답해졌다.

마음을 다스리며 그 이유를 생각해 보니 바로 저 눈 때문이었다.

감정 한 점 일렁이지 않는 무심한 눈빛.

산전수전을 다 겪어 왔다고 자부하는 편이었지만 저런 눈은 한 번도 경험하지 못한 종류다.

"80만 리랑. 지금 이 자리에서 전액 현물로 지불하겠네."

"탐욕이 많은 늙은이군."

츠츠츠츠츠-

루인은 다시 헬라게아의 공간을 열어 마정을 집어넣었다.

그 순간 테모도스는 마정을 봤을 때보다 더욱 놀라고 있었다.

허공을 일그러뜨리며 나타난 어떤 거대한 의지.

마치 살아 있는 생물체처럼 맥동하는 전율적인 마력 파장.

이미 아공간은 사라지고 없었지만 그런 마력의 잔재만으로 온몸이 떨려 왔다.

"대, 대체 그게 뭔가?"

마치 추측할 수 없는 위대한 단면을 마주한 기분.

"아공간이지."

"그게 무슨!"

그것은 분명 마법사의 흔한 아공간 따위가 아니었다.

"거래는 없었던 것으로 하겠다."

"잠깐! 이보게! 어떻게 흥정 한 번 없이 거래가 성사될 거라고 생각하나!"

루인이 뒤를 돌아 테모도스를 지그시 응시했다.

"거래하고 싶다면 잘 들어. 내 요구는 한 번뿐이니까."

"요구?"

"80만 리랑? 좋아. 반값 정도지만 장물이라는 걸 감안해서 그 가격에 주지. 단."

인간 진영을 이끌던 시절의 루인은 이런 허름한 길드 따위와는 비교조차 할 수 없는, 대륙 단위에서 노는 길드장들과 협상을 해 왔다.

인류의 운명을 걸고 벌이는 참혹한 전쟁 중에도 탐욕으로 이득을 취하던 자들.

그런 상인들이라면 신물이 날 정도로 겪어 왔기에 그들을 다루는 방법 또한 정확하게 이해하고 있었다.

루인이 구스타스가 사라진 방향을 응시했다.

"지금쯤이면 이 방 안에서 있었던 모든 일들이 길드장에게 보고됐겠지. 아마 길드장은 정보상을 통해 우리의 신원을 알아보려 할 테고 당연히 추적조 역시 편성될 거야."

"……."

"귀족가의 자제들이라면 회유, 최악의 경우 납치까지 각오하겠지. 이 정도 마정의 출처는 그만큼 놓칠 수 없는 정보니까."

루인이 흰 이를 드러냈다.

"뒤탈 없는 평민이라면 납치는 당연한 거고. 이 중에 몇 명은 죽이거나 불구를 만들어서라도 내 입을 열려고 들겠지. 특히 당신은 내 아공간을 연구하려 할 거야. 마도학자라는 족속이 그렇거든."

순간.

"이, 이게 무슨 짓……? 아악!"

루인이 회귀한 후 마력을 최대로 개방한 것은 이번이 처음이었다.

마법사의 위계 따위로 가늠하는 것이 무의미한, 그야말로 광활한 융합 마력.

그런 압도적인 루인의 마력 파장이 극도로 압축되어 테모도스에게 쏘아지고 있었다.

시론이 경악하며 외쳤다.

"마력 제압!"

마법사가 같은 마법사를 굴복시킬 때 활용하는 가장 원시적인 형태의 마력 투사법.

한데 이런 마력 제압은 상대의 마력이 자신보다 아래라는 완벽한 확신 없이는 펼칠 수가 없었다.

역으로 제압을 당한다면 마력 폭주, 심하면 마나홀 자체를 잃을 수도 있기 때문.

"끄아아아아악!"

그러나 고위 마법사로 추정되는 노인이 가슴을 쥐어뜯으며 쓰러지고 있었다.

루인의 마력 제압을 견디지 못한 그의 마나 서클이 붕괴되기 일보 직전의 상황.

그 순간 고도로 압축된 루인의 융합 마력이 고요해졌다.

테모도스가 온몸을 벌벌 떨며 루인을 올려다보았을 때.

루인의 무심한 목소리가 흘러나왔다.

"보다시피 어지간한 추적자들 따윈 내 상대가 될 수 없다. 초인급이라면 말이 달라지겠지만 그런 유명한 암살자들이 에어라인에서 버젓이 활동할 수는 없을 테고."

테모도스는 루인의 말이 오히려 겸손처럼 느껴졌다.

마력을 제압당한 자신이 할 수 있었던 유일한 선택 염동력.

전력으로 끌어올린 그런 염동력이 무슨 압착되듯이 단숨에 존재감을 잃었다.

그것도 같은 염동력에 의해.

살면서 이런 압도적인 염동력을 경험한 적이 없었다.

현자급의 대마법사에게도 느낄 수 없었던, 그야말로 말도 안 되는 수준.

"설사 날 제압하는 것이 가능하다고 해도 길드의 존립 자체를 걱정해야 할 정도로 타격을 입고 난 후일 테지. 어때? 각오할 수 있겠나?"

새하얗게 웃고 있는 루인을 향해 테모도스는 아무런 대답도 할 수 없었다.

그때, 루인이 다시 헬라게아를 소환했다.

힘으로 찍어 눌렀다면 이제 당근을 내밀 차례.

테모도스의 두 눈이 점점 찢어질 듯이 부릅떠진다.

한 개, 두 개, 세 개……

방금과 비슷한 크기의 마정(魔精)이 예닐곱 개가 튀어나왔다.

그런 비현실적인 광경에 테모도스는 한마디도 벙긋하지 못했다.

"헛된 욕망과 악의를 멈춘다면 이것들을 모두 독점으로 공급해 주지. 단 그때는 80만 리랑이 아닌 정상적인 가격을 받을 거야."

마정은 가격이 문제가 아니었다.

단지 물량을 확보해 두는 것만으로도 엄청난 권력으로 작동한다.

특히 이 에어라인에선 왕실조차 움직일 수 있는 힘.

"거, 거래하겠습니다!"

그럴 줄 알았다는 듯, 희미하게 웃던 루인은 한 개의 마정만 남겨 두고 모두 헬라게아에 넣었다.

"다시 말해 두는데, 날 추적해서 귀찮게 한다면 그 즉시 이 거래는 취소다. 파는 시기는 전적으로 내 의지에 달려 있단 뜻이지."

"알겠습니다!"

예절이 주입된 테모도스의 태도에 루인이 흡족한 듯 웃으며 자리에 앉았다.

"그럼 마저 셈을 하지. 수표는 받지 않아."

잽싸게 사라진 테모도스는 한참 후에야 길드원들과 낑낑

거리며 나타났다.

그가 들고 온 것은 아무런 표식도 찍히지 않은 장물 금괴였다.

100리랑은 1금화와 같은 가치.

100금화는 하나의 금괴와 동일한 가치.

그러므로 루인이 받을 금괴는 총 80개였다.

루인은 금괴 하나를 제외하고는 몽땅 헬라게아에 보관해 두었다.

"이건 리랑으로 바꿔 주고."

이어 1만 리랑에 해당하는 지폐를 받아 든 루인은 망설임 없이 뒤돌아섰다.

"명심해. 귀찮게 하면 끝이야."

"명심하겠습니다! 분부대로 기다리고 있겠습니다! 살펴 가십시오!"

"어, 수고하고."

루인과 생도들이 사라지자.

"정말 추적하지 않으실 겁니까?"

길드원 카르잔의 질문에 테모도스의 두 눈에 기이한 빛이 번뜩였다.

"아직도 모르겠나?"

"예?"

무슨 마정을 동네에 굴러다니는 돌처럼 취급하는 존재.

의지를 지닌 아공간의 소유자.

인간임이 의심될 정도의 초월적인 마력과 염동력.

무엇보다 무저갱처럼 가라앉은 그의 두 눈.

고작 소년이 저런 불가해의 역량을 지녔다는 건 말도 안 된다.

살면서 저 엄청난 존재를 직접 경험하게 될 줄은 꿈에도 몰랐다.

테모도스는 아직도 소름이 가시지 않는 듯 온몸을 부르르 떨었다.

"그는 인간이 아니다. 카르잔."

루인의 또 다른 엄청난 단면을 확인한 생도들.

마정을 금괴 80개로 바꾸는 모습을 실시간으로 지켜본 생도들은 쥐 죽은 듯이 그를 따라 걷고 있었다.

시론은 이건 정말 말도 안 된다고 생각했다.

루인의 불가사의한 아공간.

그곳에 뭔가 대단한 물건들이 들어 있을 거라고 어렴풋하게 추측은 하고 있었다.

루인이 선보였던 '영관모'만 해도 상식적으로는 설명이 불가능한 수준의 아티펙트였기 때문.

한데, 무슨 마정을 굴러다니는 돌처럼 보유하고 있는 건 다른 문제였다.

마정은 한 국가의 국력을 좌우할 정도의 절대적인 자원.

압도적인 양의 마정을 보유하고 있는 알칸 제국이, 마장기(魔裝機)를 통해 대륙을 지배하는 건 바로 그 때문이었다.

르마델 왕국은 마장기는커녕 이 공중 도시 하나만으로도 모든 마정을 소모했을 것이다.

실제로 르마델은 단 한 기의 마장기만 소유하고 있는 국가였다.

"출처 같은 건 묻지 않겠다. 어차피 알려 주지도 않을 테니까."

걸음을 멈춘 리리아가 루인의 뒷모습을 지그시 바라보고 있었다.

"하지만 장물이나 거래하는 지하 길드와 마정을 계속 거래할 생각이라면 나는 여기서 너와 헤어지겠다."

리리아는 르마델의 귀족이었다.

그건 시론도 마찬가지였다.

"맞다. 그 마정으로 무슨 짓을 할지도 모르는데 너무 위험해."

루인이 걸음을 멈추며 뒤를 돌아봤다.

"일반적인 마정이 아니다."

"뭐?"

"응? 뭐라고? 다시 말해 봐."

"너희들이 아는 그 마정이 아니라고."

마정(魔精)이란 특정한 장소에서 오랜 세월 동안 마나가 쌓여서 만들어진 물질이다.

그러므로 루인이 팔았던 마정이 품고 있는 마나는 바로 진마력.

"다루는 방식이 달라. 그걸 일반적으로 활용할 수 있는 마정석으로 가공하려면 아마도 수백 년은 지난 후일 거다."

사실 진마력에 대한 이해가 전무한 인간들이 마정석으로 가공할 수 있을지도 미지수였다.

최악의 경우, 아무것도 얻지 못하고 마정만 죄다 소모해 버릴 수도 있는 일.

최소 마왕급 이상과 계약한 흑마법사가 끼어든다면 얘기가 달라지겠지만, 그런 흑마법사가 흔하게 존재하는 건 아니었다.

"그럼 사, 사기를 친 거란 말이냐?"

경악한 시론.

다프네가 콧방귀를 꼈다.

"루인 님이 어련히 알아서 잘하시겠죠. 아까 루인 님이 그 사람들을 다루는 모습을 못 보셨나요?"

"아, 아니! 그래도 이건!"

루인이 다시 걸으며 말했다.

"마정은 맞다. 하지만 다룰 수 없을 거다."

다프네가 시론을 째려본다.

"돈 문제가 깔끔하게 해결됐는데 괜히 분위기 초 치지 마세요."

무려 드래곤이 살아가는 방식이다.

이해할 필요도 걱정할 이유도 없었다.

"넌 정말 저 녀석을 좋아하는 건가?"

"그건 왜요?"

다프네를 바라보는 시론의 눈빛이 예사롭지 않았다.

마치 측은한 듯, 안쓰럽다는 듯한 그의 눈빛.

"뭐 감당할 수 있겠다면야."

그의 묘한 시선에 불쾌감을 느꼈는지 다프네가 쌩 하고 멀어졌다.

◆ ◇ ◆

생도들은 하나같이 루인에게 불만을 토로하고 있었다.

마정을 팔아 어마어마한 돈을 거머쥐고도 자신들을 데려온 장소가 허름한 싸구려 여관이었기 때문이다.

"아니, 여관의 질은 그렇다 쳐도 굳이 3인실, 4인실을 고집할 필요는 없잖아요?"

"맞다! 너무 불편하다!"

시론과 리리아, 슈리에는 귀족이다. 세베론과 다프네 역시 만만치 않은 집안의 자제들.

이 어린 나이에 마법사의 길을 걷고 있다는 건, 기본적으로 가문으로부터 경제적인 지원을 듬뿍 받아 왔다는 뜻이었다.

그런 생도들에게 이런 허름한 여관, 게다가 다인실은 당연히 불편할 수밖에 없었다.

"이런 곳도 방값이 하루에 100리랑이 넘는다. 어차피 모르는 사이도 아닌데 같이 자는 데 불편할 게 있나? 불필요한 지출을 왜 해야 하지?"

"아니 80만 리랑이 있잖아?"

불과 몇 시간 전만 해도 땡전 한 푼 없어 생존을 걱정하던 녀석들이 갑자기 불평불만을 늘어놓고 있다.

루인은 피식 웃고 말았다.

"내 돈이다."

"……."

"……."

지극히 맞는 말이었기에 시론은 마땅히 대꾸할 말이 없었다.

돈 가진 놈이 제 맘대로 돈을 쓰겠다는 데 무슨 말을 할 수 있단 말인가.

"제발 이 옷만큼은 어떻게 좀 해 줘요. 죄다 우리만 쳐다보는 것 같다구요."

왕실에서 보급받는 기본 의복은 눈에 띄기 딱 좋았다.

에어라인의 닳고 닳은 상인들의 눈에는 시민이 된 지 얼마 되지 않은 전형적인 호구로 비치고 있는 것이다.

방금만 해도 간단한 간식을 사려고 상점에 들렀었는데 호구 잡으려는 태가 역력했다.

"음."

어느 정도 공감하는 바였기에 루인은 고개를 끄덕였다.

사람들의 눈에 띄고 싶지 않은 건 그도 마찬가지였기 때문.

"그러지."

루인의 허락이 떨어지기가 무섭게 생도들이 재빨리 근처의 옷가게로 뛰어갔다.

들뜬 표정으로 몇 가지 옷을 고른 다프네가 곧장 피팅룸으로 들어가자.

나머지 생도들도 저마다의 옷을 고르기 시작했다.

다프네가 가장 먼저 새로운 옷을 입고 나왔다.

"여, 역시……."

"호……."

시론과 세베론의 짧은 감탄이 이어졌다.

붉은색 안감이 내비치는 트렌치코트.

질 좋은 사슴 가죽 바지.

곱게 올린 머리와 짧은 끈의 숄더백.

분명 평범한 복식이었지만 전체적인 핏이 너무나 보기에 좋았다.

'역시 옷보단 얼굴이지.'

'정말 말도 안 되게 예쁘다.'

역시 뭘 걸쳐도 다프네가 걸치면 다른 것이다.

뒤이어 피팅룸에서 나온 생도는 리리아.

과연 그녀의 성격이 고스란히 드러나는 복장이었다.

달랑 흰 셔츠에 검정색 팬츠.

무채색으로 깔끔하게 완성한 그녀의 패션은 마치 단정한 소년처럼 보일 지경.

시론이 걱정스러운 눈길을 보냈다.

"곧 겨울인데 외투라도 한 벌 고르지 그러냐?"

"어차피 이틀 뒤면 짐이 도착한다."

시론은 그녀의 의도를 명확히 이해했다.

루인에게 최소한의 신세만 지고 싶다는 뜻.

이어 다른 생도들 모두 저마다의 옷을 입고 나왔고.

간단한 여행자의 복식을 선택한 루인은 루이즈를 바라보며 그대로 얼어붙고 말았다.

"우……?"

생긋 웃으며 한 바퀴 휙 돌고 있는 루이즈.

상체부터 발끝까지 온통 검정색으로 칠해진 기다란 로브.

그것은 적요(寂寥)하는 마법사, 침묵의 심판관 루이즈가 가장 즐겨 입던 옷.

마치 그 옛날의 루이즈를 다시 보는 것만 같아 루인은 가슴이 울렁거렸다.

"어울린다."

루이즈의 등을 쓰다듬으며 희미하게 웃던 루인이 계산대의 옷가게 주인을 응시했다.

"모두 얼마입니까."

주인은 생도들이 걸친 옷을 면밀하게 살피더니 예의 살갑게 웃었다.

"에, 전부 6,490리랑입니다."

"뭐?"

"네에?"

생도들 모두가 입을 떡 하니 벌리고 있었다.

수도 왕성의 물가와 비교하면 그야말로 터무니없는 수준.

아무리 생각해도 에어라인의 높은 물가는 심해도 너무 심했다.

한데 그때.

"음…… 너무하군요. 아무리 그래도 시세의 세 배나 튕기시다니."

생도들의 시선이 싱긋 웃고 있는 소녀에게로 향했다.

분명 어딘가 낯이 익은 사람.

루인은 금방 그녀를 기억해 냈다.

홍염(紅焰)의 파수꾼.

다름 아닌 그녀는 '꿈꾸는 불새의 둥지'의 리더이자 4등위 마법 생도 에덴티아였다.

"설마 했는데 그 녀석들이 맞았네. 너희들 그때 목소리 그룹을 선택했던…… 맞지?"

"안녕하십니까, 에덴티아 선배님!"

세베론이 꾸벅 인사하자 그제야 다들 기억해 낸 듯 예를 갖췄다.

"안녕하세요. 선배님."

슈리에의 인사를 받으면서도 에덴티아는 이해할 수 없다는 눈치였다.

"어떻게 벌써 에어라인에 올라왔지? 아직 학기는 한참 남았을 텐데?"

"그게……."

슈리에의 짧은 설명이 이어지자 에덴티아는 두 눈을 동그랗게 떴다.

"뭐? 학부장님께서? 말도 안 돼……."

등급 패스라니!

목소리를 선택한 무등위 생도들을?

무엇보다 헤데이안 학부장의 주도로?

이명을 지닌 최상위권의 생도들에게도 관심조차 갖지 않던 학부장이?

"도저히 이해할 수가 없네? 무등위 생도들에게 이 정도 특혜를 베풀 분이 아닌데."

까마득한 선배님의 등장, 그것도 이명을 지닌 4등위 마법 생도 에덴티아.

그런 그녀는 세베론에게 있어서 가장 닿고 싶은 목표나 마찬가지였다.

"아하하! 어쩌다 보니 그렇게 됐습니다. 그런데 여긴 웬일이시죠?"

"날씨가 쌀쌀해져서 외투 한 벌 사려고 왔다가…… 흠."

에덴티아는 어쨌든 저 몰염치한 옷가게의 주인부터 처리하기로 했다.

"대충 보니 아무리 비싸게 받아도 2천 리랑 정도인데 대강 하시죠? 계속 강짜 부리실 거면 지금 바로 상인 조합에 제보합니다."

"죄, 죄송합니다! 그럼 2천 리랑만 받겠습니다!"

지폐를 세던 루인이 계산을 끝마쳤을 때 에덴티아의 시선이 다시 생도들을 훑었다.

"호기심이 생기네. 보아하니 짐을 기다리고 있는 모양인데 어디서 지내고 있지?"

세베론이 손가락으로 여관을 가리켰다.

"저기! 저 여관입니다!"

에덴티아가 먼저 길을 나섰다.

"가자. 너희들도 선배의 조언이 절실하잖아?"

"그, 그럼요!"

루인 역시 에어라인 아카데미의 정보를 미리 알려 준다는 에덴티아를 굳이 막지 않았다.

여관에 도착한 후 에덴티아와 루인 일행은 둥근 테이블에 차례로 앉았다.

여관의 분위기를 살피던 에덴티아가 루인을 바라보았다.

"돈은 나보다 그쪽이 더 많아 보이던데 신세를 져도 괜찮겠지? 이 많은 후배님들의 식사를 책임지는 건 나도 좀 무리라서."

매달 가문에서 보내 주는 돈이 있다고 해도 에어라인의 살인적인 물가를 견디기엔 생도 신분으로는 한계가 있었다.

어차피 손님은 에덴티아 쪽이라 루인도 굳이 선배의 체면을 강요할 생각은 없었다.

루인이 주문한 음식의 계산을 끝마치자 세베론의 조심스러운 질문이 이어졌다.

"선배님. 1등위의 학기가 시작되기까지 4개월 정도 남았습니다. 기숙사를 제외하면 그사이에 저희가 수련할 만한 곳이 있을까요? 특히 뛸 수 있는 공간이 필요합니다."

"뛸 수 있는 공간? 운동장을 말하는 거니?"

"예!"

"왜? 체력 단련이라도 하겠다는 거야?"

"지금까지 쭉 그래 오고 있었습니다."

미간을 찌푸리며 미심쩍은 눈빛으로 후배들을 훑던 에덴티아가 나직이 고개를 가로저었다.

"없어. 그런 곳이라면 이미 기사학부가 모두 점령하고 있지. 알다시피 에어라인의 구조상 공간의 제약이 많아."

온갖 상점들로 빽빽한 거리, 그 미로와 같은 에어라인의 환경을 경험하면서 나름대로 짐작하고 있었던 부분.

그런 예상이 현실이 되자 생도들은 하나같이 고민에 빠진 얼굴이었다.

"기사학부가 하루 종일 쓰는 건 아니지 않습니까? 기사 생도들이 활용하지 않은 시간대라면……."

"당연히 온갖 시비를 걸어오겠지. 너희들이 그 위험한 놈들을 감당할 수 있겠어?"

루인의 워메이지 수련법을 꼭 익히고 싶은 생도들 입장에서는 난감한 상황.

그렇다고 무시무시한 고등위 기사 생도들과 갈등을 일으킬 수도 없는 일이었다.

리리아의 싸늘한 목소리가 들려왔다.

"교칙에 의하면 아카데미의 생도들은 모든 시설을 향유함에 있어 동등한 권리를 지니죠. 그건 불합리입니다."

씁쓸하게 웃는 에덴티아.

이상과 현실은 언제나 다른 법.

"에어라인에서 교칙은 작동하지 않아요, 차가운 후배님. 그건 전장에서 도덕을 찾는 것과 똑같은 거야."

"이해할 수 없군요. 왕립 아카데미의 기강이라곤 믿기지 않을 정도입니다."

에덴티아가 혼란스러운 표정의 시론을 바라보았다.

"렌시아가가 직접 생도들을 후원하는 마당에 아카데미의 기강이 무슨 의미가 있겠어?"

"하이렌시아……."

이 르마델의 귀족가라면 왕국을 좌지우지하고 있는 하이렌시아가의 권력을 지독하게 체감하고 있었다.

그들은 왕국의 인재들을 빠짐없이 흡수하고 있었고 아카데미는 그들의 가장 중요한 인재 영입 수단.

물론 하이렌시아가의 선택을 받는다는 건 출세가 보장된다는 의미였다.

당연히 기사 생도들도 그들의 눈에 들기 위해 갖은 노력을 다하고 있었다.

"그럼 렌시아가의 후원을 받는 생도들이 아카데미의 권력을 거머쥐고 있겠군요. 당연히 교수들도 렌시아가의 위상이 두려워 통제하기 힘들 테고요."

세베론의 예상에 에덴티아가 고개를 끄덕였다.

"렌시아가의 후원은 주로 기사 생도들에게 향하고, 반면 왕실은 마법 생도들을 후원하는 편이야. 하지만 알지? 마법 생도들의 위상은 너희가 생각하는 것보다 많이 약해."

시론이 버럭 화를 냈다.

"제길 도대체 하이베른가는 뭐 하고 있는 거야? 렌시아가를 견제할 수 있는 건 같은 대공가인 베른가밖에 없는데! 그런 자들이 죄다 가문에만 틀어박혀 있으니!"

루인은 흡사 자신이 욕을 먹는 것만 같아 기분이 묘했다.

역시 틀린 말이 없으니 가슴이 답답해졌다.

"르마델의 초기부터 사자의 가문은 단 한 번도 권력의 놀음에 끼지 않았어. 왕국의 깃발만 손에 쥐면 다른 건 아무것도 생각하지 않는 사람들이지. 그냥 이 왕국에 존재하지 않는 가문이라 생각하는 게 편할 거야."

선배 생도인 에덴티아에게 물어도 해답은 나오지 않았기에 생도들은 모두 루인을 쳐다보고 있었다.

그는 이 모든 계획을 이끌어 온 자, 사실상의 대장이나 마찬가지.

"결투가 허용된다고 들었다."

루인의 담담한 목소리에 예상했다는 듯 생도들이 고개를 끄덕였다.

"역시 그 방법밖에 없겠지?"

"달리 뾰족한 수가 없잖아. 알박고 있다면 비집고 들어가는 수밖에."

"……불필요한 이목이 집중될 텐데."

후배들의 대화를 가만히 듣고 있자니 에덴티아는 어이가 없었다.

　마치 결투의 승리가 당연하다는 듯한 태도.

　그렇게 어리둥절해하고 있는 에덴티아에게로 루인의 질문이 이어졌다.

　"운동장을 쓰려면 누구를 쓰러뜨려야 하지?"

　"뭐……?"

　기사 생도와 대인전을 벌인다고?

　그것도 이명(異名)을 지닌, 무늬만 생도인 녀석들과?

　"너희들 지금 무슨 착각을 하고 있나 본데……."

　"누구를 쓰러뜨려야 하냐고 묻고 있다. 선배."

　모든 불합리와 기득권을 끌어내리는 것.

　역시 하이베른가가 나서야 할 때다.

　하지만 기사가 아닌.

　대마도사로서.

Chapter. 27

커다란 짐을 등에 멘 시론이 아카데미의 전경을 바라보며 입을 벌리고 있었다.

"와…… 이 한 블록이 전부 아카데미라고?"

에어라인은 총 10개의 블록으로 구성되어 있었는데, 그중에서 세 번째 블록인 C블록 전체가 아카데미인 듯 보였다.

공업구, 상업구, 주거구, 왕궁부, 귀족부, 군단부 등.

왕궁 전체를 축소한 듯한 이 에어라인에서 한 블록 전체를 아카데미로 활용한다는 것.

그만큼 르마델 왕국이 아카데미를 특별하게 여긴다는 뜻일 것이다.

하늘에 떠 있는 거대한 비행선.

건물들 사이를 쉴 새 없이 가로지르고 있는 부유 계단.

날씨에 따라 열고 닫을 수 있게끔 설계되어 있는 각종 개폐 시스템.

사방에서 휘황찬란하게 빛나고 있는 마력 등불까지.

최신 마공학의 첨단이 듬뿍 담긴 아카데미의 전경은 지상의 아카데미와는 비교가 무의미한 수준이었다.

멀리 휘날리고 있는 아카데미의 깃발을 바라보며 슈리에는 가슴이 벅찼다.

그것은 이런 엄청난 왕립 아카데미의 정식 등급 생도가 된 자부심.

하지만 그런 그녀의 환상은 금방 깨어지고 말았다.


**-아악! 살려 줘!**


아카데미 쪽에서 희미하게 들려온 비명.

시선을 주고받던 루인 일행이 곧장 정문을 지키고 있는 행정 요원에게 명찰을 내보이더니 아카데미에 진입했다.

이내 생도들의 시선이 향한 곳.

"대, 대체 뭐 하는 짓이지?"

"허……."

그곳에는 붉은 견장의 생도들, 즉 마법학부 생도들이 일렬로 늘어져 두려움에 떨고 있었다.

그곳은 거대한 배기 시스템의 환풍구였는데 한두 걸음만 더 가면 온몸이 분쇄될 수도 있는 위험천만한 장소였다.

벌벌 떨고 있는 마법 생도들.

쪼그려 앉은 채로 연신 낄낄거리고 있는 기사 생도들.

주변에 많은 생도들이 바쁜 걸음으로 지나고 있었지만 관심을 갖는 사람은 아무도 없었다. 그저 눈만 힐끔거릴 뿐.

그럼 이게 흔한 일상이라는 건데…….

"이건 좀 심하네요."

눈살을 찌푸리는 다프네.

아무리 기사의 나라라지만 아카데미 시절부터 이런 노골적인 권력이라니.

"아니 마법학부에도 생도 서열의 상위 랭커들이 있잖아? 저런 짓을 왜 내버려 두는 거지?"

"이명을 지닌 상위 랭커가 기사학부에 더 많은 것이 문제겠죠. 그리고 애초에 후원의 질적 차이도 무시하지 못할 테고요."

진득이 입술을 깨무는 시론.

렌시아가의 후원이 왕실의 그것보다 훨씬 영향력 있게 작용하는 것이 현실.

앞으로 이런 미친 곳에서 살아가야 한다고 생각을 하니 생도들은 눈앞이 깜깜해졌다.

그러나 루인은 여전히 무심한 얼굴.

"기숙사로 가기 전에 에텐티아 선배가 말했던 그룹 유적을 먼저 살펴보는 게 좋겠군."

그룹 유적.

그것은 원래 지상의 아카데미에 있었던 옛 유적들이었다.

그 유적들을 통째로 공간 이동시키기 위해 마탑의 고위 마법사들 몇몇이 마력 폭주로 목숨을 잃었다고 전해졌다.

"그룹 유적이라…….."

왕립 아카데미를 창립한 초대 학장, 마도사 슈레이터에겐 세 명의 뛰어난 제자가 있었다.

원소마법사, 불새의 란데오.

소환술사, 유리하는 환영 듀스란.

그리고 마도사 슈레이터의 제자들 중 가장 강력한 마법을 구사했던 진멸의 천공(天空) 루카소.

현재, 마법학부의 그룹은 이들의 가르침에서 파생된 세 개의 유파로 분류되어 있는 것이었다.

"저기…… 저건 누가 봐도 불새의 둥지네."

경이로움으로 물든 세베론의 눈빛.

거대한 타원형의 붉은 원반이 블록 타일에 깊숙이 박혀 있는 그야말로 기이한 형태의 건물.

과연 불새의 둥지라더니 한눈에 봐도 그룹의 연원을 알 수 있는 건물이었다.

"저건 환영의 등나무 탑일 테고."

거대한 등나무.

사람의 몸통보다 더 굵은 가지에 매달린 자그마한 방들.

마치 새하얀 열매들을 주렁주렁 매달고 있는 세계수와 같은 모습. 그곳은 환영의 등나무 탑이었다.

"천공(天空)은 역시 찾을 수 없나?"

연신 두리번거리고 있는 시론이었지만 마법학부의 다른 그룹 유적은 찾을 수 없었다.

폐쇄적인 특성을 지닌 천공.

당연히 그들의 유적은 지극히 비밀스러운 장소에 있을 것이었다.

"우리 목소리 그룹의 유적은 어디서 찾지?"

"에덴티아 선배님의 말씀대로라면 아카데미의 지하 어딘가에 있겠지."

졸업을 앞둔 에덴티아였지만 그런 그녀도 목소리 그룹의 유적을 한 번도 본 적이 없다고 했다.

"우리 목소리 그룹이 마도사 슈레이터 님의 유파라니……."

에덴티아로부터 '열망하며 은둔하는 목소리' 그룹의 진정한 연원을 들었을 때.

루인과 생도들은 하나같이 놀랄 수밖에 없었다.

다름 아닌 마도사 슈레이터의 숨결이 이어지고 있는 유일한 그룹이었던 것.

하지만 슈레이터의 가르침은 심상과 언령에 지나치게 의존하는 마법이었다.

당연히 형이상학적이고 난해하기 짝이 없는 슈레이터의 마법은 천 년 동안 점점 전승자가 줄어들 수밖에 없었고.

지금에 이르러서 슈레이터의 유파는 그야말로 유명무실한, 문제아들의 대피소처럼 변해 버린 것이었다.

마법학부의 교수들에게조차 슈레이터의 마법은 전설, 혹은 잊혀진 고대의 유적.

"지하로 가면 알 수 있겠죠. 이 브로치를 차고 있다면 틀림없이 행정 요원들의 안내를 받을 수 있을 거예요."

생도들은 서로의 가슴께를 흘깃거렸다.

입술 모양의 브로치.

그런 우스꽝스러운 표식들을 바라보면서 동시에 인상을 찡그리는 생도들.

가만 생각하니 이 브로치도 거슬렸다.

기사 생도들의 텃새를 견뎌 내기 이전에 선배 마법 생도들의 편견도 문제인 것이다.

루인이 저 멀리 아카데미의 새카만 지하로 향하고 있는 부유 계단을 응시하고 있었다.

"가지."

다프네가 환풍구 앞의 마법 생도들을 시선으로 가리켰다.

"저 선배들은 내버려 둘 건가요?"

루인 일행은 모두가 마법 생도.

당연히 자신이 당하는 것만 같은 기분이 들 것이다.

"우리 일이 아니다."

루인의 성향을 생각하면 충분히 예상할 수 있었던 반응.

그래도 내심 기대했었는지 다프네는 실망하는 눈치였다.

그런 다프네를 응시하며 은은하게 웃고 있는 루인.

그 역시 생도들이 느끼고 있는 무력감과 열패감을 모르는 것이 아니었다.

하지만 부조리라는 건 현상 하나하나를 뜯어 고친다고 해결될 일이 아니었다.

부조리를 단숨에 집어삼킬 만한 거대한 힘.

그런 혁명을 일구어 내려면 단순한 대응으로는 불가능했다.

그렇게 걸어간 루인 일행이 하나둘 부유 계단에 올라타기 시작했다.

모두 올라탔을 때 그들이 딛고 있는 계단의 하단이 붉은빛으로 타올랐다.

곧 마정석이 내뿜고 있는 마력의 파장, 고유의 소음이 울려 퍼졌다.

지이이이잉-

곧장 아카데미의 시커먼 지하를 향해 천천히 파고드는 부유 계단들.

이런 첨단 마공학을 처음 겪는 세베론이 감탄하며 소리쳤다.

"시, 신기해!"

세베론은 자신의 발아래에서 희미하게 빛나고 있는 마법 회로를 빠르게 눈에 담았다.

몇몇 마법적 법칙을 발견하긴 했지만 어떤 기전으로 회로가 구동되는지 완벽하게 이해되진 않았다.

쏴아아아아—

이내 나타난 거대한 하수도.

고약한 물내음이 코끝으로 번지자 시론이 더욱 얼굴을 구 ·겼다.

"제길, 왜 우리 그룹의 유적만 지하에 있는 거지?"

"공간의 문제겠죠. 쓸모없는 유적이 지상의 공간을 차지하게 둘 순 없었을 테니까."

"그렇군. 아카데미 입장에선 별 필요도 없는 그룹이니까."

시론이 루인을 노려보기 시작했다.

이런 찬밥 대우는 모두 저 녀석의 객기 때문.

"아직도 불만인가."

"시끄럽다!"

그때, 부유 계단의 속도가 현저하게 느려졌다. 도착할 때가 되었다는 뜻.

쿠웅—

나직한 공명음이 지하의 공간을 울리자 보안 요원이 생도들을 반기고 있었다.

"이곳은 생도 신분으로 살필 수 있는 마지막 지하 영역입니다. 방문 목적과 신분을 밝혀 주십시오."

다프네가 대답했다.

"저희는 '열망하며 은둔하는 목소리' 그룹에 속한 마법 생도들이에요. 이 지하에 저희의 유적이 있는 것으로 아는데 안내를 부탁드려도 될까요?"

보안 요원이 루인 일행의 가슴께에 매달린 브로치를 살피며 놀라는 눈치였다.

그로서는 유적을 방문하겠다고 나서는 목소리 그룹의 마법 생도들이 처음이었던 것.

보안 요원이 반대 방향을 시선으로 가리키며 다시 입을 열었다.

"저 길을 좌측으로 돌아 나가면 복도 끝에 행정 요원이 한 명 앉아 있을 겁니다. 그에게 안내를 받으시면 됩니다. 하지만 명심하십시오. 오른쪽 길은 절대로 안 됩니다."

세베론이 침을 꿀꺽 삼켰다.

블록의 하부 기관에 함부로 출입하면 사살을 당할 수도 있다는 에텐티아의 경고가 떠올랐기 때문이다.

루인을 시작으로 부유 계단에서 모두 내려온 생도들은 보안 요원의 안내에 따라 우중충한 복도를 걷기 시작했다.

복도를 따라 기다랗게 이어진 마력등이 간헐적으로 껌뻑거리자 다프네가 루인에게 더욱 밀착했다.

"무서워……."

6위계의 입탑 마법사가 고작 어둠 때문에 공포를 느낀다니.

"흥."

다프네의 얄팍한 수작질에 금방 콧방귀를 뀌는 리리아.

"저기군."

복도의 맨 끝, 껌뻑거리고 있는 마력등 아래 행정 요원이 꾸벅꾸벅 졸고 있었다.

곧 루인이 그의 책상을 우악스럽게 내려쳤다.

쾅-

"시발 깜짝이야! 누구야!"

자신을 바라보고 있는 한 생도의 무심한 눈빛.

간부가 아니라는 것을 확인한 행정 요원이 가슴을 쓸어내리며 한숨을 내쉬었다.

하지만 일곱 개의 그림자가 자신을 향해 길게 드리워지자 행정 요원의 목울대가 꿀꺽거렸다.

"마, 마법 생도분들께서 이곳까지 어쩐 일로……?"

"'열망하며 은둔하는 목소리'의 그룹 유적을 방문하고 싶다."

"예?"

행정 요원이 눈을 비비며 다시 생도들을 자세히 바라본다.

그들의 브로치를 확인한 행정 요원이 눈치를 살피다 자리에서 일어났다.

그로서도 목소리 그룹의 유적을 방문하기 위해 찾아온 마법 생도들은 처음.

"이, 이쪽으로. 안쪽은 더욱 어두우니 서로 손이나 어깨를 잡으시죠."

그 즉시 생도들이 루인의 뒤로 길게 늘어섰다.

그렇게 서로의 어깨를 붙잡으며 구불구불한 복도를 한참 동안 걸었을 때.

어느덧 행정 요원이 걸음을 멈춘 자리.

생도들은 한눈에 느낄 수 있었다.

"어?"

"여기네요!"

복잡한 시설이 사라진 곳에 제법 커다란 천연 동굴이 자리 잡고 있었다.

마치 산속의 동굴을 통째로 옮겨 놓은 듯한 장소.

시론이 혀를 내둘렀다.

"와, 이런 걸 대체 어떻게 공중 도시로 옮겼지?"

"정말 미쳤네요."

"경이롭다 정말."

생도들은 새삼 이 공중 도시를 설계하고 구현해 낸 마탑과 왕국의 위대함에 절로 마음이 숙연해졌다.

대체 얼마나 많은 마도학자와 건축가, 기술자, 노동자들이 갈려 나갔을까?

"음……."

루인의 깊어진 두 눈이 끈질기게 동굴을 살피고 있었다.

하지만 아무리 살펴봐도 어디서나 볼 수 있는 그저 흔한 동굴이었다.

마도사 슈레이터의 유적이라면 술식과 마법진, 마법기관 같은 마도의 흔적이 남아 있어야 했는데 그런 특징이 하나도 느껴지지 않았다.

그런 느낌은 생도들도 마찬가지.

"그냥 평범한 동굴 같은데요?"

"맞아. 이건 그냥 동굴이야."

"너무 대놓고 평범해서 당황스러운데요."

그때 행정 요원이 뒤로 물러나며 인사를 했다.

"그럼 저는 이만……."

행정 요원이 사라지자 루인이 동굴을 향해 성큼 걸어갔다.

루인이 가장 먼저 목소리 그룹의 유적을 찾아온 데는 그만한 이유가 있었다.

마법사란 족속들은 무인과는 달라서 절대로 자신의 마도

를 독점하려 들지 않는다.

오히려 그들은 충돌하는 가치를 통해 긴 세월 동안 마법을 진화해 왔다.

각국의 마탑이 연구한 사례를 마법학회에서 공유하고 논쟁하는 것은 바로 그런 유구한 전통에 따른 것이었다.

더구나 아카데미를 직접 창립했던 마도사 슈레이터라면 그런 마법사의 본질적인 성향에 더욱 가까운 인물이라고 평할 수 있을 것이다.

그래서 루인은 혼란스러웠다.

아무리 샅샅이 살펴봐도 이 유적 동굴에는 그의 어떤 것도 남아 있지 않았다.

끝내 그가 완성하지 못한 마도.

후배 마법사들에게 남겼을 만한 그런 단서나 화두는 어디에도 존재하지 않았다.

분명 하나쯤은 남아 있을 거라 예상했건만.

그렇게 동굴을 샅샅이 뒤지고 있는 루인을 향해 시론이 외쳤다.

"아무것도 없다. 그만 포기해라."

분명 자신의 팀에 도움이 될 만한 뭔가가 존재할 거라 생각했는데 아무것도 없다니.

'이래서였나.'

'열망하며 은둔하는 목소리' 그룹이 어째서 마법학부에서 완벽하게 버려졌는지 이제야 루인은 뼈저리게 깨달았다.

실망한 표정의 루인이 동굴 밖으로 향할 때였다.

"우……?"

고개를 갸웃거리고 있는 루이즈.

그런 그녀가 동굴의 벽면을 쓰다듬으며 점점 깊숙한 곳으로 나아가고 있었다.

"루이즈……?"

조심스럽게 루이즈를 불러 보는 루인.

하지만 그녀는 왠지 모르게 평소와 달라 보였다.

마치 무언가에 홀리기라도 한 듯한 표정.

그때, 루이즈의 손길에 닿은 동굴의 벽면에서 미세한 마력이 번져 가고 있었다.

잔류 마나?

마력의 잔향?

그 정도가 아니었다.

마나라고 부르기조차 민망한 지극히 미약한 힘.

루인의 초월적인 감각으로도 극도로 집중해야 겨우 느낄 수 있는.

그 정도로 미세한 마나가 그녀의 손끝에서 스멀스멀 피어나고 있었다.

루인이 그런 루이즈에게 다가갔다.

"루이즈. 뭘 느끼고 있는 거지?"

루이즈는 배시시 웃으며 루인을 향해 입을 오물거렸다.

"목소리……? 목소리가 들린다고?"

끄덕끄덕.

열기 가득한 눈빛으로 힘차게 고개를 끄덕이고 있는 루이즈.

시론과 다프네가 다가와서 당황스러운 속내를 드러냈다.

"아무것도 안 들리는데?"

"음성 마법의 흔적은 어디에도 느껴지지 않아요."

여전히 웃고 있던 루이즈는 가느다란 손가락으로 동굴의 깊숙한 곳을 가리켰다.

"함께 살펴보자."

루인이 루이즈의 시선을 좇으며 말하자 시론이 당황해했다.

"너무 깊은데? 그리고 시간도 늦었다. 곧 기숙사의 출입 제한 시간이다."

"루이즈가 뭔가를 느꼈다면 살펴볼 가치가 있다."

루인의 단호한 대답에 생도들은 어쩔 수 없이 루이즈를 따라나섰다.

행정 요원에게 배운 대로 앞 사람의 어깨를 잡으며 10분쯤 구불구불한 동굴을 나아갔을 때.

"응? 길이 끊어졌네요?"

다프네가 발광 마법으로 연신 이리저리 비추고 있었지만

더 이상의 길은 발견되지 않았다.

그때 루이즈가 어느 한 벽면에 서서 두 손을 밀착시키고 있었다.

우우우웅-

그것은 마력을 일으키는 것이 아니었다.

오직 그녀만이 느낄 수 있는 미지의 숨결.

마치 동굴의 벽면과 대화를 하는 듯 시시각각 표정이 변하고 있는 그녀의 얼굴.

그러다 루이즈는 루인을 쳐다보며 다급한 표정으로 방방 뛰었다.

두 주먹을 불끈 쥔 채로 뛰고 있는 루이즈를 향해 루인이 물었다.

"그곳을 부숴 달라는 거지?"

루이즈가 정신없이 고개를 끄덕이자.

곧바로 융합 마력을 일으켜 혈주투계를 운용한 루인이 그대로 루이즈가 살펴보고 있던 벽면을 후려쳤다.

콰쾅!

"뭐 하는 짓이야!"

"아악!"

이런 좁은 동굴을 함부로 부수는 것은 극도로 위험한 행위.

생도들은 천장에서 떨어지고 있는 돌 부스러기들을 다급

히 피하며 불안한 시선으로 붕괴를 걱정하고 있었다.

"……."

한데.

평소 좀처럼 감정을 드러내지 않는 루인이 놀란 얼굴로 얼어붙어 있었다.

어느새 붕괴된 벽면을 향해 걸어 들어가고 있는 루이즈.

자욱한 먼지를 풍계 마법으로 걷어 낸 다프네가 발광 마법을 벽면에 비춘 그때였다.

"어?"

그것은 작은 방.

한데 방의 중심에 우뚝 솟아 있는 무언가가 있었다.

먼지가 잦아들며 기다란 형체가 점차 드러난다.

얼음처럼 투명한 보주(寶珠)를 감싸고 있는 고풍스러운 양식의 나무 지팡이.

비로소 루인은 환하게 웃을 수 있었다.

이곳은 바로 적요하는 마법사, 무시무시한 침묵의 심판자 루이즈를 탄생시킨 곳.

무수한 악제의 군단을 소멸시킨.

저 무시무시한 마법 지팡이의 태초(太初)를 바라보고 있자니.

루인은 마치 눈물이 쏟아질 것만 같은 심정이었다.

루이즈의 이명에 적요(寂寥)라는 특이한 단어를 새기게

만든 전설적인 아티펙트.

사방 수백 미터의 언령을 봉쇄한 채, 오직 자신만이 마법사로 군림하는 오롯한 전능력.

그런 '진노하는 침묵의 영언자'가 마도사 슈레이터가 탄생시킨 위대한 아티펙트였다니.

"이, 이건!"

경악한 다프네가 즉시 아공간을 열어 리퀴르 측정기를 꺼냈다.

그러나 이내 당황하고 마는 다프네.

"제로 리퀴르?"

"마력 보주에 마력이 없다고?"

한데.

우우우우웅-

루이즈가 웃으며 손에 들자 지팡이의 보주가 반응하기 시작한다.

순간 리퀴르 측정기의 게이지가 붉은색으로 표시되어 있는 부근까지 치솟는다.

"9천 리퀴르예요!"

"뭐?"

적요하는 마법사, 루이즈의 손에서 천 년 전의 마도(魔道)가 피어난다.

천 년 동안 은둔한 채 후인을 만나기만을 열망했던 한 마도사의 목소리가 세상을 휘감고 있었다.

도저히 읽을 수 없는 마력의 파장.

너무나도 독특한 그 숨결에 다프네가 가늘게 몸을 떨었다.

영멸했다고 여겨졌던 마도사 슈레이터의 마도는 그만큼 형이상학적이었으며 또 강렬했다.

그렇게 루이즈는 눈을 감은 채로 천 년 전의 마도사와 대화하고 있었다.

루인은 지금 그녀의 심상이 결코 깨어져선 안 된다는 것을 즉각적으로 깨달았다.

"다들 물러서. 우린 바깥에서 기다린다."

"아, 알겠어요."

"알았다."

이 에어라인에 악제의 군단장들을 압도했던 위대한 초인의 둥지가 있었을 줄이야.

검성(劍聖).

성녀(聖女).

바람의 대행자.

적요하는 마법사.

.

.

인간 진영의 초인들 중 악제의 군단장들이 가장 두려워했던 인물이 바로 루이즈였다.

대군단전에서만큼은 독보적인 장악력을 지녔던 천재 마도사.

다수를 상대하는 전장에서는 오히려 대마도사 루인보다도 더욱 효율적인 마도(魔道)를 구사하던 그녀였다.

인간 진영이 구축했던 전략의 핵심.

그런 루이즈의 위상과 영향력을 생각하면 지금 이 순간을 반드시 지켜 내야만 했다.

그렇게 몇 시간이 흘렀을까.

"……줄어들지가 않아요."

리퀴르 측정기의 게이지는 미동도 없이 9천을 유지하고 있었다.

이런 어마어마한 마력 방출이 몇 시간째 유지되는 현상을 다프네는 경험한 적이 없었다.

"어떻게 이럴 수가 있죠……?"

다프네는 입탑 마법사로 살아온 모든 세월보다 루인을 만난 짧은 기간 동안 받은 충격이 더 컸다.

루이즈가 엄청난 동조 감응의 보유자라는 건 이미 알고 있었지만 단숨에 자신의 경지까지 근접해 오리라곤 상상도 해 보지 못한 것이다.

츠츠츠츠츠-

루이즈로부터 흘러나오는 마력의 파장을 살피던 시론이 경악의 얼굴로 굳어졌다.

"저 녀석…… 벌써 네 번째 고리를 추가하고 있다!"

세베론이 허탈한 듯 자조했다.

"말이 돼? 이게?"

마나에 대한 폭넓은 이해도.

끊임없는 이미지를 통한 감각의 향상 등.

이렇듯 마법사가 고리를 추가한다는 것은 깨달음을 통한 마도의 점진적인 완성을 뜻했다.

이렇게 몇 시간 만에 줄넘기를 넘듯이 연속적으로 경지를 돌파한다는 것은, 마법이라는 학문의 정체성이 무시되는 현상.

그런 루이즈의 압도적인 재능에 생도들은 모두 할 말을 잃고 말았다.

"와…… 이건 다프네 양보다 더 심하네요."

"이대로라면 단숨에 5위계를 돌파할지도."

입탑 마법사인 다프네의 실력만 해도 세상의 상식으로 설명할 수가 없는데 저런 저세상급 재능이라니.

마치 혼자만 다른 세상을 살아가는 듯한 경이로운 광경.

그때.

"끄, 끝났다!"

드디어 루이즈가 뿜어내던 마력이 씻은 듯이 잦아들자 시론이 벌떡 일어나며 그녀를 살피기 시작했다.

〈모두들 기다려 줘서 고마워.〉

생도들의 머릿속에서 동시에 울려 오는 루이즈의 목소리.
리리아의 두 눈이 더 이상 뜰 수 없을 만큼 크게 떠졌다.
"저…… 절대언령……?"
어브렐가의 전설 속.
침묵의 마법사 '드리미트'의 절대언령이 눈앞에서 재현되고 있었다.

〈고마워. 고마워 다들.〉

익숙한 그 언령에 루인이 여느 때보다 활짝 웃었다.
"어차피 네 인연이었다, 루이즈. 그런데 무슨 일이 있었던 거지?"

〈그분의 오랜 이야기를 들었어. 그분의 마법을 배웠고, 그분이 남긴 마력을 모두 전해 받았어.〉

"마력?"

〈그분이 남긴 마력은 이 동굴 전체를 감싸고 있었어. 그리고 이 지팡이. 이게 바로 그분의 마력을 모을 수 있는 매개였

거든.〉


"음……."

무슨 말인지 이해가 되지도 않았지만 애써 해석할 필요도 없었다.

애초에 루이즈의 동조 감응 능력은 범인이 이해할 수 있는 종류가 아니었다.

"지금 몇 위계나 되었지?"


**〈그분의 지혜가 너무 방대하고 어려워서 안타깝게도 5위 계에서 그쳤어.〉**


단숨에 다프네급 실력자로 올라선 주제에 아쉬운 듯이 말하다니!

약이 바짝 오른 시론과 세베론이 그녀를 노려보고 있었다.

"미친. 무슨 전설의 마녀냐?"

"한 대 때려도 돼?"

그때 리리아가 조심스럽게 물었다.

"마도사 슈레이터 님의 마법을 보여 줄 수 있나?"

"맞아! 나도 보고 싶어!"

루이즈는 한 차례 싱긋 웃어 보이더니 손에 든 지팡이를 가볍게 흔들었다.

그러자 나직한 공명음이 일어나며 사방으로 잔잔한 마력이 방출됐다.

우우우웅-

수인으로 술식을 맺은 것도, 염동력으로 마력회로를 그린 것도 아니었다.

한데.

"……!"

"……!"

기이한 감각을 느낀 생도들이 뭐라고 말하고 있었지만 아무런 소리도 울리지 않았다.

경악한 표정의 시론.

비명을 지르듯 크게 고함을 질러 대는 입 모양.

"……!"

하지만 역시 동굴 내부는 극도로 고요하기만 했다.

절대언령으로 펼치는 대규모 언령 봉쇄 마법 앱솔루트 사일런트(Absolut Silent).

동굴을 통째로 감싸 버린 그런 지독한 적요(寂寥)에 루인이 나직이 감탄을 터뜨렸다.

"역시 대단하군. 어지간한 마법사들은 죄다 마법이 봉쇄당하겠어."

깜짝 놀라며 당황한 표정을 하고 있는 루이즈.

〈넌 어떻게 말할 수 있어?〉

"하하."

미안.

같은 초인이라지만 이쪽은 대마도사 출신이라서.

"오직 시전자의 의지와 심상으로 발현되는 마법. 그래서 절대언령 마법에는 술식이 존재하지 않지."

씨익.


〈그러므로 루이즈. 같은 절대언령을 구사할 수 있는 마법사를 조심해야 한다. 특히 정신력에서 밀린다면 역으로 네 심상이 붕괴될 수도 있다.〉

〈윽!〉


루이즈가 머리를 감싸며 비틀거렸다.

극한의 염동력으로 맺어진 루인의 심상이 그녀의 머릿속을 유유히 휘젓고 있었기 때문.

루이즈의 얼굴이 지독한 두려움으로 얼룩졌을 때 루인이 염동력을 회수하며 담담히 말했다.

"그게 네 약점이다, 루이즈. 어떤 상황에서도 강력한 정신 방벽을 유지할 수 있는 방안을 찾아내는 것. 그것이 네 평생의 고민이 될 거야."

생도들이 루인과 루이즈를 미친놈 쳐다보듯 번갈아 바라보고 있었다.

◆ ◇ ◆

새벽 2시 40분.

세베론은 한숨도 제대로 자지 못했다.

몸을 뒤척이던 세베론은 하는 수 없이 자리에서 일어나 주변을 둘러보았다.

역시나.

조용히 눈을 깜빡거리고 있는 다프네.

벌써부터 일어나 이미지에 빠져 있는 리리아.

마력 등불 아래 마도서를 읽고 있는 시론까지.

딱딱한 동굴 바닥, 깔아 놓은 외투 위로 올라오는 냉기, 축축한 습기와 냄새 등 잠이 오지 않는 이유는 여러 가지가 있겠지만.

무엇보다 잠이 들지 않는 이유는 루인이 평소 그대로의 수련을 선언했기 때문일 것이다.

에어라인 아카데미의 현실을 몰랐으면 또 모르겠지만 이미 환풍구 앞에서 다 봐 버린 마당.

쟁쟁한 검술명가의 기사 생도들, 하이렌시아가의 후원을 받고 있는 랭커들에게 평소의 상식이 통할 리가 없었다.

삐이이이이-

다프네가 설치해 놓은 알람 마법의 소음이 동굴을 기다랗게 울렸다.

천천히 일어난 루인이 특유의 담담한 표정으로 주변을 둘러보았다.

"다들 벌써 일어난 건가?"

세베론은 뭐라 대꾸하려다 입을 꾹 닫고 말았다.

깊은 숙면을 즐긴 생도는 루인과 루이즈 둘뿐이었다.

"정말 이대로 훈련을 할 거예요?"

슈리에의 질문.

루인이 하품을 해 대며 반문했다.

"흐암…… 무투대회의 토너먼트에 참가하겠다고 한 건 너희들이다. 그리고 알다시피 지금 너희들의 실력으로는 초반 토너먼트조차 통과할 수 없다."

"아니, 지금 그런 걸 묻는 게 아니잖아요. 한 번은 어떻게든 해결한다고 해요. 하지만 명예와 체면에 목숨까지 거는 기사 생도들의 특성상 시비가 끊이지 않을 게 분명한데……."

이어진 리리아의 맞장구.

"토너먼트를 치르기도 전에 기사학부의 모든 랭커들과 결투를 벌이게 되겠지."

"그 여파가 우리에게도 미칠 수 있다는 게 더 큰 문제고."

언제나 자신만만하던 시론까지 저런 약한 소리를 해 대다니.

그만큼 그도 에어라인 아카데미에서의 생활이 만만치 않
게 느껴졌다는 뜻.

세베론이 펼쳐 놓았던 외투를 정리하다가 루인을 바라보
았다.

"그냥 기숙사 등록부터 먼저 하고 학부장님을 기다리자.
우리 그룹의 지도 교수로 나서겠다고 하셨으니 무슨 계획이
있으시겠지. 우리가 무투대회를 계속 준비하겠다고 한 이상
분명 도움을 주실 거야."

고개를 끄덕이는 루인.

"그럼 너희들은 기숙사에 있어라."

지켜보고 있던 시론이 멍한 표정을 했다.

루인의 묘한 어감이 거슬렸기 때문.

"지금 우리가 고작 무서워서 이런다고 생각하는 거냐?"

"……아닌가?"

시론이 버럭 화를 냈다.

"우리로 끝날 문제가 아니잖아! 네 객기로 인해 기사학부
와 우리 마법학부 전체가 갈등에 휩싸일 수도 있는 문제다!"

짐 정리를 끝낸 루인이 헬라게아를 소환해 짐을 욱여넣으
며 무심하게 시론을 응시했다.

"그럼 이게 틀린 행동, 절대로 해서는 안 될 그런 일인가?"

"아니 루인—"

"그러니까, 새벽에 운동장을 뛰는 내 행동이 뭘 잘못한 거

냐고 묻고 있는 거다 시론."

"......."

"이렇게 앉아서 구시렁거리는 걸로는 아무것도 바꿀 수 없다. 기사학부와 마법학부 사이의 갈등? 그게 두렵다는 말과 뭐가 다르다는 거지?"

어느새 일어난 루인이 무심한 눈으로 생도들을 훑었다.

"난 언제나처럼 수련을 할 뿐이다. 그게 내 마도(魔道)의 근거니까."

그 순간 생도들은 지난 수업에서 루인이 했던 말이 떠올랐다.

-어제의 나보다 오늘의 내가 더 강하다는 확증. 그런 의심 없는 확신이 바로 나의 마도(魔道)다.

시론은 어느새 시야에서 사라져 버린 루인을 바라보다가 악착같이 이를 깨물었다.

"미친놈! 다들 뭐 해? 빨리 짐 싸지 않고!"

미친놈이 확실했지만 그래서 더 끌리는 건 어쩔 수가 없었다.

〈으음…… 무슨 일이 있었어?〉

249

눈을 비비며 일어난 루이즈.

그녀가 어제 이룬 성취를 떠올리자 생도들은 모두 시론과 비슷한 눈빛이 되어 버렸다.

"뛴다! 까짓거! 나도 뛴다!"

"가요!"

"질 수 없어!"

동굴 내부가 생도들의 열기로 후끈 달아올랐다.

◆ ◇ ◆

3등위 기사 생도 베르카노에게 오늘은 각별한 의미를 지닌 날이었다.

무려 정규 기사로 가는 첫걸음, '용맹(勇猛)의 패도(覇道)' 의식을 치르는 첫 번째 날인 것이다.

졸업 전에 기사 작위를 받는 기사 생도란 기껏해야 스무 명 안팎.

그것도 졸업반 시절이 아닌, 3등위의 생도에게 첫 번째 의식의 기회가 찾아왔다는 건 정규 기사의 미래가 확정된다는 의미였다.

이번 의식만 무사히 치른다면 '피의 결속자들' 그룹 내에서의 입지는 랭커급으로 치솟을 터.

의식을 치른 초급 기사에겐 반드시 이명(異名)이 따라붙을 테고.

그 말은 드디어 그 콧대 높은 '포효하는 황혼' 놈들과도 나란해질 수 있다는 뜻이었다.

"으하하하!"

그간의 설움.

베르카노는 웃고 있지만 눈물이 흐를 수밖에 없었다.

검술명가 출신의 괴물 같은 검사들.

일찌감치 하이렌시아가의 후원 속에서 미친 재능을 피워 낸 천재 생도들.

그런 괴물들의 틈바구니에서 어떻게든 악착같이 견디고 또 견뎌 낸 오늘이었다.

그렇게 베르카노는 생도복을 기사의 정복처럼 말끔하게 다려 입고서 훈련장으로 향했다.

"후읍!"

크게 심호흡을 한다.

온몸의 구석구석을 메워 가는 상쾌한 새벽 공기.

오늘따라 유난히도 맹렬하고 날카로운 투기.

찌르르한 감각, 맑게 갠 시야까지.

컨디션마저 최상이었다.

"후우⋯⋯."

심호흡을 끝낸 그는 지난밤 몇 번이고 되새겼던 동작들을 다시 한번 머릿속에서 점검했다.

251

'용맹의 패도' 의식을 관장하는 심사관들은 가벼운 호흡, 미세한 동작의 불균형까지 귀신같이 캐치하는 괴물들.

오늘 자신은 이 세상에서 가장 완벽한 동작을 펼쳐야만 했다.

그때.

-허억허억!
-흐읍! 흡!

거칠게 숨을 몰아쉬며 운동장을 뛰고 있는 생도들.

깜짝 놀라며 시간을 확인했으나 분명한 새벽 5시, 아직 새벽 어스름도 물러가지 않은 시점이었다.

"제길……."

오늘 의식의 주제는 명경지수(明鏡止水).

정적인 동작 속에서 흔들리지 않은 무인의 마음을 표현해 내야만 했다.

당연히 다수의 불청객이 탐탁지 않을 수밖에.

'아침 식사 이후에 다시 찾아와야겠군.'

그렇게 베르카노가 입맛을 다시며 동작 연습을 미룰까 싶던 차였다.

4등위 기사 생도 헨콕.

그가 마치 사람을 죽일 듯한 시선으로 훈련장을 노려보고 있었다.

"서, 선배님?"

"베르카노?"

베르카노는 이번 용맹의 패도 의식의 참가자 명단에서 헨콕 선배가 있었다는 것을 기억해 낼 수 있었다.

"마법 생도들이다."

"예……?"

그제야 집중하며 훈련장을 바라보는 베르카노.

희미한 마력등에 얼핏얼핏 비치는 희미한 그들의 견장.

과연 틀림없는 붉은색 견장, 마법 생도들이었다.

"하? 어이가 없네?"

"함부로 움직이지 마라. '목소리' 그룹이다."

훈련장으로 성큼 나아가던 베르카노가 고개를 갸웃거린다.

"목소리요?"

"……그래."

베르카노는 금방 얼굴을 일그러뜨렸다.

목소리 그룹의 생도들은 일반적인 마법 생도들이 아니었다.

그들 대부분은 고위 귀족가의 자제들.

그들에게 왕립 아카데미는 그저 인맥을 넓히기 위한 사교장에 불과했다.

적당히 인재를 영입하고 나면 어차피 아카데미를 떠날 일명 '인재 헌터'들.

그런 귀족가의 자제들을 함부로 건드렸다간 복잡하고 난처한 일들이 벌어질 것이 분명했다.

그래서 기사 생도들은 웬만해서는 목소리 그룹의 브로치를 차고 있는 마법 생도들을 건드리지 않았다.

한데 그런 귀족가 놈들이 훈련장을 쓰는 경우는 또 처음이었다.

그것도 이 이른 새벽부터.

"시비를 걸고 싶은 걸까요?"

간혹 필요 이상으로 날뛰는 목소리 그룹의 귀족들이 있었다.

그런 애송이들은 가문의 권력을 믿고 함부로 시비를 걸고 다니다가 결국엔 하이렌시아가의 후원자를 만나면 먼지 나게 처맞게 된다.

"아니. 저건 진짜 훈련이다. 하루 이틀 달려 본 솜씨가 아니야. 특히 저 맨 앞에 놈."

"음?"

규칙적인 입김으로 알 수 있는 지극히 일정한 호흡.

결코 흐트러지지 않는 자세.

제법 탄탄해 보이는 몸까지.

"어?"

무엇보다 저 눈빛.

기세에 민감한 기사만이 느낄 수 있는 그런 위압감이었다.

"이제 제대로 보았나?"

"예. 평범한 놈은 아니군요."

"그래. 마법 생도 중에서 저런 눈을 지닌 놈을 본 적이 없다. 저건 마법사의 눈이라기보단 기사의 눈에 가깝다."

그런데 그때.

"뭐야? 너희들은?"

달랑 팬츠 한 장만 걸치고 훈련장에 도착한 육중한 몸집의 기사 생도.

"……올칸?"

강철의 하이랜더(Highlander of Irons)라는 그의 이명이 이보다 더 잘 어울릴 수 있을까.

무시무시한 각.

전신이 네모반듯하여 마치 철제 갑옷을 따로 걸치고 있는 듯한 그의 육체.

가히 철탑과 같은 그의 단련된 신체를 바라보며 베르카노는 깊이 허리를 숙인 채로 두려움에 떨었다.

"오, 올칸 선배님!"

덜덜덜.

기사학부 전체 랭킹 6위에 빛나는 하이렌시아가의 후원 생도.

"한 번도 보이지 않던 놈들이 아침부터 왜 이렇게 많아? 너희도 단련하러 나왔나?"

"아 오늘 제가 '의식'이 있습니다!"

"의식? 아, 용맹의 패도?"

"그, 그렇습니다!"

피식.

"그 바보 같은 늙은이들의 취향을 잘 저격해야 할 거야. 동작도 동작이지만 특히 표정에 더 신경 쓰라고."

"며, 명심하겠습니다!"

"그런데 쟤네들은 뭐야?"

강철의 하이랜더, 올칸이 턱짓으로 훈련장을 가리키고 있었다.

"아, 저놈들은 목소리 그룹의 마법 생도들 같습니다!"

"뭐? 목소리?"

올칸은 한 차례 미간을 구기더니 표정을 굳히고 있는 4등위 생도 헨콕을 향해 비릿하게 웃었다.

"그래서 저 병신 같은 헨콕이 아무것도 못하고 노려만 보고 있는 거냐? 고작 귀족가의 후환이 두려워서?"

"오, 올칸!"

"너 앞으로 기사의 명예니 자존심이니 내 앞에서 말하지 마라. 죽여 버릴 테니까."

다시 베르카노를 바라보는 올칸.

"야, 후배. 지금 당장 저 주문쟁이 새끼들 다 불러와."

"예? 아, 알겠습니다!"

"잠깐만, 아니다. 저 새끼들 지금 뛰고 있잖아? 그래도 명색이 훈련 중인데 방해할 순 없지."

"그럼……."

"기다려."

시뻘건 태양이 떠오르자 새벽 어스름이 물러났다.

마법 생도들의 훈련이 끝났을 땐 이미 몇 명의 기사 생도들이 더 모인 후였다.

"올칸 선배님!"

"역시 오늘도 나오신 겁니까?"

인사를 해 오는 후배 기사 생도들을 향해 올칸이 버럭 소리를 질렀다.

"그래 이 자식들아! 그런데 네놈들은 그딴 실력으로 왜 항상 나보다도 늦는 거냐? 반성해라 애송이들아."

"흐흐! 예 선배님! 그런데 저 주문쟁이 새끼들은 도대체 뭐하는 짓일까요?"

"어, 저놈들 이제 끝났나."

쩌드드득

올칸이 굵은 목을 비틀자 굉음 비슷한 소리가 흘러나왔다.

거대한 동체가 일어난다.

붉은 태양빛 아래 드러난 그의 육체가 마치 초인처럼 느껴진다.

"어이 거기 주문쟁이 새끼들!"

저 멀리서 무심한 눈으로 자신을 바라보는 한 마법 생도가 있었다.

그 눈빛이 마음에 들지 않았는지, 올칸의 육중한 몸체가 빛살처럼 쏘아졌다.

콰앙!

움푹 팬 지면.

그가 딛고 도약한 자리를 입을 벌리며 바라보던 후배들이 황급히 그를 따라 훈련장으로 뛰어갔다.

"뭐야? 매듭이 없어? 네놈들 무등위냐?"

인간 같지도 않은 올칸의 육체를 바라보며 세베론이 오들오들 떨고 있었다.

"아, 선배님! 저희들은 무등위 마법 생도들로서…… 이번에 헤데이안 학부장님의 배려에 따라……."

"시끄럽다 세베론."

올칸이 묘하게 고개를 꺾으며 세베론의 말을 자른 루인을 응시했다.

"아. 뭐 상관없고. 어이 거기 너. 훈련장은 주문쟁이들이 쓸 수 없다는 걸 몰랐나?"

"몰랐는데."

짜아아아악-

"허약한 주문쟁이 새끼가 갈수록 더 건방지네?"

리리아가 경악한 눈빛으로 루인을 바라본다.

그의 시뻘게진 볼이 점점 부풀어 오르고 있었다.

자신이 맞은 것도 아닌데 리리아는 온몸에 찌릿찌릿한 감각이 밀려왔다.

괴물 같은 근육을 지닌 기사 생도의 무도함보단 이어질 루인의 반응이 더욱 두려웠기 때문.

그것은 그를 조금이라도 아는 사람이라면 당연히 느끼게 되는 감정이었다.

멍하니 서로 대치하고 있는 기사 생도들과 무등위 마법 생도들.

누구도 먼저 나서서 반응할 수 없을 정도로 상상도 할 수 없는 긴장감이 몰아친다.

"……."

감정 없는 루인의 눈이 올칸의 시선과 얽히고 있다.

눈은 많은 정보를 보여 주는 창.

여물지 못한 인간의 눈은 반드시 감정을 드러내는 법이니까.

하지만 올칸의 두 눈에 얽혀 있는 감정은 흔한 분노 따위가 아니었다.

강한 눈.

좀 더 구체적으로 말한다면 스스로가 강하다는 걸 누구보다 잘 아는 눈이었다.

이미 자만이나 자부심 같은 평범한 수준을 넘어선, 실패를 경험해 보지 못한 자의 무도한 눈.

도취하여 스스로 먹혀 버린.

모든 것으로부터 갇혀 버린 눈.

물론 놈의 그런 다부진 눈빛이 이해가 되지 않은 것은 아니었다.

아무리 혈주투계를 운용하고 있지 않은 상황이라지만, 동작을 읽을 수 없었던 상대는 가문에서 나온 후로 처음이었으니까.

기사 생도가 강해 봤자 이제 갓 소년의 태를 벗은 애송이들일 거라 생각했다.

막연하게 생각해 온 자신의 그런 선입견을 단숨에 깨부수는 놈이었다.

"너, 뭐지?"

올칸이 가슴 근육을 씰룩이며 삐딱하게 고개를 꺾고 있었다. 상대의 반응이 너무 생소했기 때문.

보통은 지레 겁을 먹고 물러서거나 심지어는 바닥에 엎어지는 놈도 있었다.

다시는 이러지 않겠다고 싹싹 비는 놈들이 바로 지금까지 경험한 마법 생도.

한데, 달랐다. 너무나도 다르다.

한 점의 감정도 일렁이지 않는 눈으로 해부해 올 듯 직시해 오는 녀석의 눈빛이란 무슨 강자처럼 느껴질 지경.

뺨을 처맞고도 분노조차 하지 않는 녀석의 눈은 마치 '그 놈'을 보는 것 같았다.

그 이질적인 느낌에 올칸은 그냥 웃어 버렸다.

"하하! 이 주문쟁이 새끼 이거. 무등위 주제에 랭커를 흉내 내고 있네? 야, 너 뭐 되냐?"

쿡.

루인이 자신의 가슴을 찔러 오는 굵직한 손가락을 무심히 내려다본다.

"어이 주문쟁이. 대답 안 해?"

그제야 루인의 입에서 극도로 차가운 목소리가 흘러나왔다.

"용렬한 놈들은 언제나 경멸을 두려워하지."

"뭐……?"

"긍지도 명예도 없는 무인의 무력 따윈 그저 폭력에 불과하다. 그리고 그런 못난 폭력의 대가는—"

융합 마력이 폭주하듯 날뛰기 시작한다.

이내 혈주투계가 몰아친다.

"때론 죽음이지."

261

Chapter. 28

　　스슥

　　올칸의 시야에서 루인의 모습이 꺼지듯 사라졌다.

　　순간적으로 상대의 동작을 읽을 수 없었던 올칸은 동물적
인 감각으로 몸을 비틀었다.

　　빠각!

　　어깨 부근에서 강렬하게 번지는 통증.

　　이내 급격하게 투기를 운용하는 올칸.

　　곧 그의 육중한 육체에서 강력한 기파가 퍼져 나왔다.

　　"이런 미친 주문쟁이 새끼가—!"

　　파아앙-

올칸의 투기 방출에 의해 사방에 자욱한 먼지가 일어났다.

상대의 움직임을 시야로 읽지 못했을 때 대응하는 가장 좋은 수.

올칸이 자신이 떨친 투기의 밀도가 흩어지는 부분을 매섭게 응시했다.

"거기냐! 주문쟁이!"

파아악!

올칸이 발을 구르자 지면이 움푹 꺼진다.

야수처럼 짓쳐 드는 올칸.

빠아아악-

올칸은 주먹에서 느껴지는 강력한 충격에 깜짝 놀라고 말았다.

격렬하게 번져 오는 통증.

오직 투기가 마찰할 때만이 느낄 수 있는 저릿한 감각.

'……투기?'

분명 놈의 견장은 마법 생도의 것인데?

그런데, 울려 오는 감각의 결이 뭔가 다르다.

단순한 투기로 치부하기엔 뭔가 더 폭급하고 치밀하다.

그때 다시 놈의 주먹이 날아들었다.

퍼퍽!

"흡!"

올칸이 믿을 수 없다는 눈빛으로 자신이 밀려난 자리를 쳐다보고 있었다.

다섯 걸음.

투기를 운용하여 완벽한 자세의 가딩으로 막았음에도 무려 다섯 걸음이나 밀려나 있었다.

그리고 소스라치는 이 통증.

이건 결코 단순한 주먹질이 아니다.

하찮은 체술 같은 것이 절대 아니다.

분명 놈의 움직임은 무섭게 체계화된 무투술!

순간, 올칸의 두 눈이 일변했다.

"합!"

육중한 올칸의 동체가 점점 붉은빛을 머금었다.

강철의 하이랜더라는 그의 이명을 만들어 준 고유의 투기력.

크림슨 오오라(Crimson Aura).

붉은빛이 진해질수록, 그의 육체는 강철에 가깝게 변모한다.

이 상태가 더욱 무서운 건 육체가 지닌 모든 능력이 비약적으로 상승한다는 것.

동체 시력 역시 몇 배나 민감해진다.

"크하하하! 거기 있었구나!"

여전히 잔상처럼 흐릿했지만 격렬하게 움직이고 있는 놈의 움직임이 드디어 읽혔다.

올칸이 지체 없이 파고들었다.

한데.

'피했다고?'

전력을 다한 주먹이 빗나갔다.

크림슨 오오라로 인해 수배로 증가한 민첩한 동작이 무의미할 지경.

올칸이 이를 악물며 커다란 주먹을 다시 뿌리자.

슥.

자신이 떨친 궤적을 이탈하는 정확한 대각의 반보.

'뭐?'

놈의 동작은 느렸다.

하지만 빠르다.

이 모순을 대체 뭐라고 표현해야 하지?

도저히 말이 안 되는, 그야말로 이율배반적인 감각.

그렇게 올칸이 상황을 받아들이지 못하고 있을 때.

루인은 틈을 놓치지 않았다.

미끄러지는 듯한 쇄도, 기다란 잔상과 함께 파고드는 발길질.

계속 축적되는 대미지가 만만치 않았기에, 올칸은 깨끗하게 가딩(guarding)을 포기했다.

빠아아아아악!

"크흑!"

분명 피했다고 여겼는데 옆구리에서 불같은 통증이 번져 왔다.

살면서 느껴 본 가장 강렬한 통증.

치욕과 분노가 참을 수 없이 솟구친다.

"이런 개같은 주문쟁이 새끼―!"

퍼퍽!

후두부를 강타한 거대한 충격에 올칸의 육체가 기우뚱 기울어진다.

그가 황급히 중심을 잡으려 했을 때.

짜아아아아아악!

"크아아아아아악!"

루인이 벌겋게 익어 버린 손바닥을 무심한 눈으로 털어 내고 있었다.

씨익.

"이제야 눈빛이 좀 재미있어졌군."

올칸은 울컥거리는 피를 삼키며 필사적으로 정신을 차렸다.

새하얗게 이지러지는 시야, 무너져 내리는 육체보다 자존감의 상실이 더 견디기 힘들다.

구구구구구구-

올칸의 육체가 붉게 타오른다.

어떤 상황에서도 투기의 최대 개방은 자제해야 했으나 이미 이성이 마비된 상태.

안 그래도 거대한 올칸의 육체가 더욱 비대해진다.

크림슨 오오라의 극한, 적혈강체(赤血剛體).

검붉게 번들거리는 그의 육체는 마치 철탑 같았다.

입에서 피를 쏟고 있으면서도 그의 두 눈에는 활화산 같은 분노가 이글거리고 있었다.

"……어처구니가 없는 놈이군. 아무리 검이 없다지만 이 정도까지 날 몰아붙이다니. 그런데 너, 마법 생도는 맞는 거나?"

피식.

"난 누구처럼 명예와 긍지를 모르는 게 아니라서."

"뭐?"

"검도 없는 기사를 상대로 마법을 쓸 순 없지. 그게 내 방식이다."

"……"

6성 기사를 앞에 두고 무투술로 당당할 수 있는 마법사라.

이런 미친놈을 경험하게 되리라곤 생각조차 해 보지 못한 올칸이었다.

마법사가 기사처럼 긍지를 말한다는 건 정말이지 새로웠다.

"그럼 이게 본 실력이 아니라는 말이지?"

"……."

대답 없이 웃고만 있는 루인.

"좋아. 어이, 아무나 검 좀 가져와라."

"예? 예! 선배님!"

한데 그때, 루인이 물끄러미 올칸을 바라보고 있었다.

정말 괜찮겠냐는 듯, 걱정기 가득한 시선으로.

"그럼 이게 결투인가?"

"뭐?"

"돌려 말하는 걸 싫어하나 보군. 지금 나는 죽여도 괜찮나 묻고 있다."

"……."

"지금까지 내 얼굴을 때린 놈을 살려 둔 적이 없어서."

올칸의 입에서는 한마디도 흘러나오지 않았다.

손발을 섞어 보지 않았다면 놈의 말에 코웃음을 쳤겠지만 지금은 저 담담한 음성이 결코 농담처럼 들리지 않았다.

꺄드득-

이를 깨무는 소리와 함께 올칸의 모든 근육이 꿈틀거렸다.

최대한 마음을 차갑게.

온몸에 맥동하는 혈류가 천둥처럼 느껴질 정도로 집중했다.

"가져왔습니다 선배님!"

271

검을 건네받은 올칸이 곧게 검을 세웠다.

검을 중심에 두고 양쪽으로 빛나고 있는 그의 두 눈이 야수처럼 번뜩였다.

츠캉!

촤촤촤촤!

상상할 수 없는 속도의 연격이 몰아쳤다.

거대한 덩치가 무의미하게 느껴질 정도의 민첩한 검격의 연속.

그런 살을 에는 듯한 압박 속에서도 루인은 혈주투계의 고위 체술을 연속으로 펼쳐 재빨리 영향권에서 벗어났다.

'호오.'

순간적으로 융합 마력이 썰물 빠지듯이 빠져나갔다.

혈주투계가 극한으로 구동되었다는 뜻.

놈의 검격은 가히 고위 기사에 근접해 있었다.

"쥐새끼 같은!"

츠캉─

맹렬한 나선 베기.

타앙!

검날을 후려치는 권격.

"……!"

루인의 무심한 눈빛이 순간적으로 스칠 무렵.

훈련장의 바닥을 쓸어 올리는 올칸의 발길질.

좌아아!

뿌옇게 흩날리는 먼지, 동시에 루인의 시야로 가득 차오른 거대한 중검.

터어엉!

다시 검의 옆면을 쳐 낸 루인의 손에서 피가 뚝뚝 흘러 떨어지고 있었다.

단순한 검격이었다면 타격을 입지 않았겠지만, 지금 올칸의 검격은 한 수 한 수가 고위 기사급의 파괴력을 지닌 공격.

여전히 검을 치켜세운 채로 짐승 같은 눈빛을 번뜩이고 있는 올칸이 입술을 가득 깨물었다.

"네놈! 끝까지……!"

하지만 루인은 여전히 담담한 눈으로 서 있을 뿐.

그제야 올칸은 상대가 무엇을 원하고 있는지를 깨달았다.

"설마 너. 내가 전력을 다하지 않아서 그러는 거냐?"

여전히 루인이 침묵하자 올칸의 입매가 기이하게 비틀렸다.

"원하는 대로 내 목숨을 걸겠다."

드디어 마음에 드는 눈빛이 되었다.

루인은 흥이 인 얼굴, 담담한 미소로 그의 뜻을 존중했다.

"그래. 그런 각오라면—"

광활한 융합 마력.

대마도사의 고고한 술식이.

마침내 에어라인에 헌신했다.

느릿하지만 환상적인 궤적의 수인(手印).

추측할 수 없는 염동력으로 구현되는 세계.

대마도사의 지배력이, 살아 있는 모든 것에 미치기 시작한다.

츠츠츠츠츠츠-

훈련장, 아니 에어라인의 거대한 타일들이 흔들린다.

근원을 알 수 없는 힘, 세계의 관념을 초월한 무언가가 점자 형상을 갖추었다.

하나. 둘. 셋.

늘어지는 마력 칼날들.

수도 없이 분화(分化)하고 있는 무수한 마력 검(劍)들이 주인의 의지에 따라 찌르르 울고 있었다.

순식간에 어둑해진 아카데미.

지켜보던 모든 생도들이 경악한 채로 하늘을 올려다본다.

무수히 많은 검들이 태양을 가리고 있다.

농밀한 의지.

아카데미 전체를 집어삼킨, 위대한 대마도사의 의지가 진노한 마신처럼 이글거리고 있었다.

"이것이 내 마법의 각오다. 기사."

루인은 즐거웠다.

적수를 만난다는 건, 최선을 다할 상대를 만났다는 건, 무한의 증오를 잊을 만큼 기꺼운 일.

대마도사 루인은 상대가 누구든 얕잡아 보지 않는다.

만약을 대비해 힘을 조절하거나 뒷걸음치지 않는, 오로지 상대를 죽이기 위한 일격 필살의 마도.

그런 전장의 마도(魔道)가 오랜 세월을 격하고 그렇게 세상에 드러나고 있었다.

수천 개의 칼날을 드리운 채 잔혹한 미소로 웃고 있는 루인을 쳐다보며 올칸이 더욱 굳세게 검을 잡았다.

사방을 가득 메운 마력 칼날.

처음 겪는 기상천외한 마법에 소스라치게 놀라면서도 그는 억세게 턱을 당겼다.

"……와라! 주문쟁이!"

순간.

수천 개의 칼날이 모두 올칸을 향해 쏘아졌다.

인간이 펼칠 수 있는 동작의 한계는 어디까지일까.

쏟아지는 마력 칼날을 튕겨 내는 거대한 남자의 움직임은 지켜보는 모든 이를 경악하게 만들었다.

카앙! 까앙! 가가각!

검의 궤적이 잔상처럼 번질 때마다 마력 칼날 서너 개가 한꺼번에 사라진다.

인간이 펼칠 수 있는 동작의 임계점이 완벽하게 무시된다.

기괴한 형태로 꺾이는 허리.

온갖 각도로 비틀어지는 관절.

사람인 이상 도저히 펼칠 수 없는 움직임의 연속이 너무나도 쉽게 이어지고 있다.

육중한 동체가 무색했다.

상식을 무시하는 기괴한 동작과 말도 안 되는 체력.

일종의 경이마저 느껴질 정도다.

그만큼 크림슨 오오라의 최종 진화 형태인 적혈강체는 전투 검술의 극한을 가능케 하는 비전이었다.

가가각! 까앙!

쏟아지는 마력 칼날은 이미 절반이 소멸한 상태.

물론 지금까지 상처 없이 모두 막아 낸 것은 아니었다.

역시 문제는 그 수(數).

모든 방위에서 비처럼 쏟아지는 마력 칼날은 집요하게 올칸의 빈틈을 노렸다.

아무리 적혈강체의 올칸이라지만 그의 검이 미치는 방위에는 한계가 있었다.

촤아악!

"큭!"

쌔애애액!

"커헉!"

크림슨 오오라로 인해 강철처럼 단단해진 올칸의 육체.

하지만 마력 칼날들은 올칸의 살갗을 무참하게 파고들며 그런 명성을 무색하게 만들었다.

상처가 아로새겨질 때마다 조금씩 느려지는 동작.

올칸의 검이 보여 주었던 놀라운 궤적은 그렇게 조금씩 빛을 잃어 가고 있었다.

"크아아아아아!"

올칸이 짐승 같은 콧김을 뿜으며 검세를 바꾸었다.

지금까지는 어떻게든 방어하며 반격을 위해 놈의 빈틈을 살폈다면 지금은 모든 힘을 방어에 쏟고 있는 것.

시전 시간이 필요한 마법사의 특성상 마법과 마법 사이에는 반드시 빈틈이 생기게 마련이었다.

즉 이 무식한 마력 칼날들만 모두 막아 내면 놈은 끝장이라는 뜻.

필사적인 궤적으로 방어에만 열중하던 올칸이 상처 입은 짐승처럼 포효했다.

"끝이다 주문쟁이—!"

그렇게 올칸이 마지막 마력 칼날을 튕겨 내며 전방으로 쇄도했을 때.

쌔애애애애액!

빠각!

순간적으로 시야가 무너지며 고개가 홱 하고 꺾인다.

필사적으로 고개를 흔들던 올칸의 시야에 처음으로 담긴

것은 저만치 날아가고 있는 자신 누런 이빨들.

뒤늦게 침범한 안면의 고통에 처참하게 얼굴을 일그러뜨리면서도, 올칸은 홱 하니 고개를 꺾으며 루인을 죽일 듯이 노려보고 있었다.

'아니 뭐 이런 미친 마법사 놈이 다 있지?'

적혈강체의 동체 시력으로도 읽을 수 없는 동작.

그럼 놈이 무슨 8성 이상의 초고위 기사라도 된다는 뜻인가?

아니, 설마 이건…….

"……텔레포트(Teleport)라고?"

마법사의 마력과 염동력은 엄연히 제한적인 자원이다.

더욱이 그런 마력을 술식(術式)으로 제어하려면 아무리 뛰어난 마법사라고 해도 잠깐의 시전 시간이 필요한 법.

그렇게 엄청난 마력 칼날을 소환했던 마법사가 아무런 딜레이조차 없이 다시 술식을 재배열한다는 게 말이나 되는 소린가?

"헤이스트다."

"뭐?"

올칸이 루인의 헤이스트를 텔레포트라고 오해하는 것도 무리가 아니었다.

헤이스트가 강화시킨 건 평범한 마법사의 육체가 아니라 혈주투계의 루인이었으니까.

그 효율이란 수십, 아니 가히 수백 배.

"넌 참 나쁜 버릇이 있군. 계속 내게 기회를 주는 이유가 뭐지?"

저벅저벅.

그 순간 올칸의 두 눈이 찢어져라 부릅떠졌다.

츠츠츠츠츠츠-

자신을 향해 걸어오는 마법 생도의 등 뒤.

그 무식한 마력 칼날들이 하나둘 다시 재생성되며 떠오르고 있는 것이다.

"전투 중에 왜 자꾸만 입을 여는 거지? 죽고 난 뒤에도 궁금한 게 남아 있을 것 같나?"

그때, 올칸이 벼락처럼 루인을 덮쳐 갔다.

"으아아아아!"

츠캉!

애꿎은 훈련장 바닥에 깊숙이 박혀 버리고 만 중검.

헤이스트의 술식이 스며든 루인의 혈주투계는 더 이상 올칸이 상대할 수 있는 무투술이 아니었다.

헤이스트의 혈주투계를 막아 냈던 기사는 전생에서도 초인을 제외하곤 존재하지 않았다.

그렇게 빗맞고 말았지만 올칸의 두 눈은 오히려 희열로 번들거리고 있었다.

'됐다!'

분열을 멈춘 마력 칼날 세 쌍!

역시 놈의 마력은 무한이 아니었다.

수천 개가 아닌 고작 여섯 개 정도라면 얼마든지 상대할 수 있었다.

그러나 그건 올칸의 완벽한 착각이었다.

까아앙!

까앙!

올칸의 손발은 수천 개의 마력 칼날을 막아 낼 때보다 오히려 더 어지러워졌다.

마력 칼날들이 마치 의지를 지닌 검처럼 움직이기 시작한 것이다.

'뭐, 뭐야! 이게!'

첫 번째 놀라움은 마력 칼날과 부딪힐 때마다 느껴지는 말도 안 되는 강도(剛度)였다.

분명 자신의 검격을 견디지 못하고 파편으로 부서져 흩날리던 마력 칼날이었다.

한데 지금은 마력 칼날과 부딪힐 때마다 손목이 부서질 듯 시큰거렸다.

두 번째는 마력 칼날이 마치 기사의 검술처럼 느껴진다는 점이었다.

그런 느낌은 마력 칼날과 부딪히자마자 바로 깨달을 수 있었다.

문제는 아무리 끈질기게 살펴봐도 검술의 연원을 알 수 없다는 것.

그것은 르마델 왕국의 모든 검술교본, 혹은 어떤 검술명가의 검술에도 존재하지 않은 미지의 검(劍)이었다.

이건 마치 자신과 비슷한 경지의 기사 여섯과 상대하는 기분.

까아아앙!

까아아앙!

루인은 많은 이미지를 통해 헤이로도스의 술식 변환을 제어하는 방법을 다듬었다.

결국, 무리하게 술식 변환의 궁극을 추구하기보단 미약한 지금의 경지로도 실전에서 써먹을 수 있게끔 타협한 것이다.

술식 변환으로 분화하는 마력 칼날의 개수를 줄이면 통제할 수 있는 시간과 위력이 비약적으로 상승했다.

그렇지 않아도 검붉은 올칸의 육체가 무수히 많은 상처들로 인해 더욱 시뻘겋게 변해 버렸다.

어느새 한 개로 줄어들어 거대해진 마력 칼날이 올칸을 무식하게 내려쳤다.

까아아앙!

중검을 잡은 올칸의 양 손아귀가 찢어졌다.

점차 옅어지는 크림슨 오오라의 기운.

까아아아앙!

올칸의 무릎이 지면에 닿았다.

그가 비틀거리며 필사적으로 일어나려고 했지만.

까아아앙!

"크으으윽!"

훈련장의 바닥이 움푹 파이며 올칸의 육체가 지면으로 파고든다.

단순무식한 내려치기의 연격.

까아아앙!

이미 루인의 눈빛은 기대를 잃은 채로 투명해져 있었다.

자신의 눈앞에 있는 건 더 이상 기사가 아니었으니까.

상처 입은 짐승처럼 나약하고 비루해진.

약자(弱者).

까아아아아아앙!

흥이 빠르게 식는다.

약자의 목숨을 취하는 건 흑암의 공포에게 있어서 모욕.

루인이 염동력을 거두자 잔인하게 번뜩이던 마력 칼날이 희미한 빛을 머금으며 공중에서 산화되었다.

훈련장의 땅에 절반쯤 박힌 채 천천히 기울어지는 올칸.

그렇게 그는 처참하게 망가진 몸으로 정신을 잃어버렸다.

피식.

마지막 순간까지 정신을 잃지 않았다는 건 칭찬해 줄 만했다.

주변을 둘러보던 루인이 미간을 일그러뜨렸다.

전투에 집중했던 탓일까.

아니면 워낙 조용했던 탓일까.

어느새 수백여 명의 생도들이 훈련장을 둘러싸고 있었다.

그들 중 누구도 함부로 입을 열지 못했다.

각양각생의 충격으로 굳어져 버린 아카데미의 생도들.

루인의 시야가 순간적으로 물결치듯 이지러졌다.

마나 번.

술식 변환으로 발현된 마법을 손발의 움직임처럼 자유롭
게 구현해 내는 것은 역시 지금의 경지로는 무리였다.

루인은 자신의 미약한 경지에 분노가 치밀었다.

"가자."

그렇게 루인이 목소리 생도들을 불렀을 때.

"멈춰."

한 기사 생도가 루인의 걸음을 멈추게 했다.

"지금 무슨 짓을 저질렀는지 제대로 알고 있긴 한 건가, 무
등위 생도."

어깨 위의 4개의 푸른 매듭.

이마부터 입가까지 기다랗게 팬 독특한 상흔.

그의 정체를 깨달은 세베론이 온몸을 벌벌 떨고 있었다.

'뇌전의 기사'라는 지극히 단순명료한 이명.

하지만 랭킹 1위의 이명 생도이자 기사학부를 지배하는 제왕.

'누구를 쓰러뜨려야 하지?'라는 루인의 물음에 에덴티아 선배가 반사적으로 대답했던 바로 그 이름.

하이렌시아가의 방계 검수.

브홀렌 네시누스 니스할.

그런 엄청난 존재가 루인을 노려보고 있는 것이다.

"……."

루인의 두 눈에 작은 이채가 어렸다.

그의 두 눈이 감정을 제어하는 기사의 눈이었기 때문이다.

왕립 아카데미에서 저런 정제된 눈빛의 기사를 마주할 줄이야.

"결투였다."

한낱 마법 생도의 입에서 결투라는 말이 흘러나올 줄은 몰랐는지 브홀렌의 눈빛이 이채로 물들었다.

"명분 따위를 묻고 있는 것이 아니라는 것쯤은 알고 있을 텐데."

루인이 고개를 끄덕였다.

"훈련장을 쓰는 것을 방해한다면 그게 누구라도 상대하지. 난 피하지 않겠다. 기사."

"……뭐?"

선배도 아니고 기사라고 자신을 부르고 있다.

브홀렌은 마법사의 저런 완고한 자아를 지금까지 느껴 본
적이 없었다.

가슴을 울리며 올라오는 투쟁심, 놈을 상대해 보고 싶다는
열망이 끈질기게 스멀거렸다.

욕망을 완벽히 절제하고 있다고 자부하는 브홀렌이었기에
그런 자신의 감정이 당황스러웠다.

"대단한 놈이군."

단신으로 기사를 상대할 수 있는 마법사란 상상도 해 보지
못했다.

왕국에서 태동한 수많은 무투술을 경험했지만, 놈의 무투
술은 웬만한 근위 기사를 압도하는 위력을 지니고 있었다.

배틀메이지(Battle Mage), 아니 워메이지(War Mage)에 가
깝다.

이런 엄청난 놈이 입학했는데 왜 지금까지 한 번도 들어 보
지 못했지?

'게다가 무등위라니…….'

아무런 기반도 없는 평민 출신의 무등위 마법 생도가 이렇
게까지 뛰어날 수는 없었다.

"너의 가문은?"

루인이 인상을 찡그렸다.

"이놈이고 저놈이고 죄다 아카데미의 정신을 잊고 있는 놈
들밖에 없군."

물론 기본적으로 왕립 아카데미는 생도의 가문을 묻지 않는다.

생도의 가치를 가늠하는 기준은 오로지 실력과 성과.

그러나 그건 아카데미가 생도를 바라보는 기준이지 생도들 사이의 갈등을 해결하는 기준은 아니었다.

브홀렌이 쓰러져 피를 게워 내고 있는 올칸을 차분하게 응시했다.

"넌 랭킹 6위의 이명 생도를 쓰러뜨렸다. 너에게도 이제 명성이 따라붙겠지."

"……."

"무한한 결투의 세계에 온 것을 환영한다. 넌 이제 이명(異名)의 세계에 발을 들였다. 앞으로 너의 랭킹을 노리는 무수한 생도들의 도전을 받게 될 거다. 하지만 문제는 그뿐만이 아니지."

브홀렌이 저 멀리 보이는 '포효하는 황혼'의 유적을 응시했다.

"넌 '황혼'의 주축 랭커를 피떡으로 만들어 놓았다. 이제 황혼의 모든 기사 생도들이 널 적으로 여길 것이다. 네 그룹……."

뭐라 말하려던 브홀렌이 황당하다는 듯이 표정이 굳어졌다.

루인의 구겨진 생도복 사이에 있는 입술 모양의 브로치를 그제야 발견한 것이다.

과연 다시 살펴보니 마법 생도들 모두가 '목소리' 그룹이었다.

이건 생각지도 못한 반전.

녀석이 '꿈꾸는 불새의 둥지'나 '환영의 등나무 탑'이었다면 마법학부 전체가 황혼의 분노를 감당해야만 했을 것이다.

이걸 다행이라고 해야 하나.

"너희 '목소리' 그룹은 이제 '황혼'과 전쟁을 치르게 될 것이다. 너는 강하다지만 과연 저 녀석들은 괜찮을까? 너희는 기댈 선배도 유적의 기반도 없다."

그때.

"전쟁은 무슨. 어디 무슨 소설 쓰세요? 어차피 그래 봤자 아카데미가 암묵적으로 허락한 건 고작 결투가 끝이잖아요?"

"뭐?"

입탑 마법사 다프네가 위력을 떨칠 시간이다.

"이 다프네에게 무슨 일이 생긴다면 마탑 전체가 그 문제를 직시할 거예요. 황혼은 정말 마탑을 상대할 자신이 있나요?"

"마탑(魔塔)……?"

다프네가 싱긋 웃으며 고아하게 인사했다.

"현자 에기오스 님의 수제자, 다프네가 인사 올립니다 선배님."

아침의 가라앉은 공기, 게다가 워낙에 조용했던 탓인지 훈련장에 모인 생도들은 대부분 다프네의 목소리를 선명하게 들을 수 있었다.

마탑(魔塔).

아무리 르마델 왕국이 기사의 국가라고 해도 마탑의 위상까지 무시할 순 없었다.

마탑은 국가가 지닌 전력의 핵심.

역사를 공부해 온 생도라면 그런 마탑의 역량에 따라 국가의 운명이 좌우된 예를 모를 리가 없는 것이다.

그리고 그 정점이라 할 수 있는 현자는 어떤 국가에서도 핸드급의 위상과 지위를 누렸다.

국가 행정의 최고 권력, 핸드(Hand).

국가의 무력을 상징하는 기수(旗手).

지성과 과학을 이끄는 현자(賢者).

국왕을 제외한다면 이 세 명의 신하야말로 르마델의 최고 정점에 있는 인물들인 것이다.

한데 그런 현자의 수제자라니.

다프네의 정체를 알아본 마법 생도들 몇몇이 소스라치게 놀라고 있었다.

"저 소녀가 다프네라고?"

"나, 나도 소문은 들었어! 마탑 역사상 최연소의 입탑 마법사!"

"너무 예쁘다……!"

남생도들은 아침 햇살보다 더 눈부신 다프네의 미모에 정신을 차리지 못했다.

그래 봤자 생도복을 입으면 다 똑같다고 여겨 왔던 여생도들도 부러움과 질시의 눈으로 바라보고 있었다.

그런 놀라움은 '뇌전의 기사' 브홀렌도 마찬가지여서, 내내 아무런 감정도 없던 그의 눈빛이 흔들릴 정도였다.

"정말 현자 에기오스 님의 수제자인가?"

조심스럽게 지켜보고 있던 시론이 한 발짝 앞으로 나서며 고아하게 예를 갖췄다.

"이 시론 마엔티 메데니아가 선배님께 처음으로 인사 올립니다."

"……메데니아가(家)?"

메데니아가는 현자 에기오스의 가문.

그렇다는 건…….

"전 그분의 별 볼 일 없는 손자입니다."

현자 에기오스의 손자가 별 볼 일 없는 존재라면 여기 생도들 중 구 할은 다 혀를 깨물고 죽어야 한다.

황당한 눈빛으로 자신을 바라보고 있는 브홀렌을 향해 시론이 다시 한번 예를 갖췄다.

"다프네의 신원은 메데니아가의 이름으로 제가 보증하겠습니다."

마도명가의 직계가 보증인으로 나섰다는 건 다프네의 신분이 확실하다는 것.

　그렇게 브홀렌이 미간을 찡그리고 있을 때 저 멀리서 소란스러운 소리와 함께 한 남자가 나타났다.

　"레예스!"

　"어브렐가의 설혼(雪魂)! 레예스다!"

　무심하고 차가운 눈동자.

　어깨까지 길게 늘어진 은빛 머리칼.

　마법학부 최상위권의 이명 랭커이자 마도명가 어브렐가의 권위를 이은 후계자.

　동시에 그는 리리아의 하나뿐인 오빠이기도 했다.

　그 순간.

　짜아아아악!

　서슴없이 리리아의 뺨을 후려갈긴 레예스.

　곧 그의 입에서 얼음장 같은 목소리가 흘러나왔다.

　"내 분명 조심해야 할 등급 생도들의 명단을 넘겼을 텐데."

　"……."

　무표정한 얼굴로 서 있는 리리아.

　볼이 벌겋게 달아오르고 있었지만 리리아는 한마디도 입을 열지 않았다.

　차갑게 리리아를 깔아 보던 레예스의 두 눈에 동요가 번졌다.

그녀의 가슴께에 매달린 입술 모양의 브로치.

차마 견디기 힘들었는지 레예스가 홱 하니 고개를 돌렸다.

"가면 갈수록 천한 어미와 닮아 가는군. 아버지께서 그만 큼 신경을 써 주시는데도 언제까지 본가의 굴욕으로 남을 것 이냐."

"……."

레예스가 브홀렌에게 다가갔다.

"브홀렌. 불행하게도 이 무등위 마법 생도는 본가의 직계 다. 내가 다스릴 것이니……."

"이미 알아들었다. 레예스."

"고맙다."

브홀렌이 골치가 아프다는 듯 관자놀이를 매만졌다.

목소리 생도들을 다시 찬찬히 훑어보는 브홀렌.

르마델의 양대 마도명가인 메데니아가와 어브렐가의 직 계, 거기에 현자 에기오스의 수제자라니.

보나 마나 나머지 녀석들의 신분도 보통이 아닐 것이다.

가만 생각해 보니 무등위 생도가 에어라인에 올라온 건 에 어라인이 생긴 이래 처음 있는 일.

이런 엄청난 배경을 지닌 놈들이니 무등위 주제에 에어라 인의 시민권을 획득한 것이다.

"……."

역시 언제나 골치 아픈 목소리 그룹이다.

지금까지 목소리 놈들과 엮여서 좋은 꼴을 본 적이 없었다.

짜증이 치밀었는지 브홀렌이 홱 하니 돌아섰다.

"난 더 이상 관여하지 않겠다. 거기 황혼. 너희들이 알아서 해."

쓰러진 올칸의 주위로 모여든 기사 생도들이 죽일 듯이 루인을 노려본다.

그들의 가슴에 매달린 노을빛 브로치를 무심히 바라보는 루인.

곧 레예스가 그런 루인의 시야를 막아섰다.

"넌 뭐지?"

중간쯤에 도착했지만 레예스도 루인의 대기사전을 똑똑히 보았다.

지금까지 배워 온 마법의 관념과 상식이 모두 무너져 내리는 기분을 그 역시 느낀 것이다.

루인의 감정 없는 눈이 레예스의 시선과 얽혔다.

곧 루인의 입에서 무심한 목소리가 흘러나왔다.

"이 세상에 천한 어머니는 없다."

"뭐?"

각자 다른 부인에게서 난 자식들이 치열하게 갈등으로 엮이는 건 귀족가에서 흔하게 일어나는 일.

"그리고 나약한 동생들은 언제나 장자의 책임이지."

"너······!"

극도로 분노한 레예스의 두 눈에 마력이 얽히기 시작하자.

"보았다면 느꼈을 것이다. 나와 상대한다는 건 목숨을 거는 일이라는 것을."

오싹.

레예스는 자신이 물러난 자리를 멍하니 쳐다보고 있었다.

순간적인 당황스러움.

그는 자신이 왜 뒷걸음질 쳤는지를 끝까지 이해하지 못하는 눈빛이었다.

"리리아는 내가 본 마법사들 중 가장 드높은 열정을 지닌 마법사다."

"······."

"그런 마법사를 가문의 굴욕이라 말하는 네놈이야말로 머저리 장님이지. 그런 주제에 내 마도를 상대하겠다고? 해봐."

"네놈! 본가가······!"

금방 말을 삼킨 레예스가 수치심에 몸을 떨었다.

가문의 위세를 실력 앞에 내세우는 건 평소에 자신이 가장 혐오하던 행동.

그런데도 본능적으로 가문을 앞세우다니.

피식.

"이번엔 자기혐오인가? 그래. 그 정도 눈은 있군. 보았으니 두려울 테지. 그 바보 같은 머리도 이미지란 걸 할 테니까."

레예스는 등줄기에서 땀이 흘러내렸다.

수천 개의 마력 칼날이 모두 각자의 술식으로 구현되는 건 말도 안 되는 일.

더블 캐스팅만으로도 천재 소리를 들을 수 있는 마법의 세계에서 그런 터무니없는 구현은 불가능했다.

"너…… 설마 헤이로도스 님의 마법을 익힌 거냐?"

한 가지 가능성이 있다면 그것은 헤이로도스의 '술식 변환'.

마력의 확률론적 성질과 초과 왜곡을 주장한 마도사는 역사 이래 그 하나뿐이었다.

"맞아요."

"뭐?"

다프네가 화사하게 웃으며 레예스를 응시했다.

"선배님의 예측대로 그는 헤이로도스 님의 마법을 잇고 있어요."

"그, 그 무슨……."

최근 수백 년 동안 어떤 마법사도 헤이로도스의 마법을 구현해 내지 못했다.

각국의 마탑이 분기마다 학회에 보고하는 연구 사례들.

그건 모두 헤이로도스의 마법을 구현하기 위한 몸부림이

나 마찬가지였다.

현재의 주류 마도학계가 열과 성을 다하고 있었지만 어느 누구도 핵심에 다가가지 못하고 있는 상황.

이름 높은 현자들도 모두 고개를 절레절레 젓고 있는 그런 헤이로도스의 마법을 무등위 생도가 익히고 있다니?

평소라면 말도 안 된다고 소리쳤겠지만 수천 개의 마력 칼날을 직접 보았으니 부정할 수도 없었다.

"정말 사실이냐?"

'헤이로도스기(紀) 대마법총론'의 위상은 태초의 마법사 테아마라스 님의 마도와 필적하는 것.

사실이라면 왕국이, 마도학계가, 아니 세상이 뒤집어질 일이다.

하지만 루인은 친구들을 독려할 뿐이었다.

"어쨌든 고생했다. 오늘은 시간이 많이 지체되었고 또 첫날이니 오후 수련은 이미지로 대체하겠다. 식사를 마치고 각자 알아서 동굴에서 수련하도록."

어느덧 수건을 걸친 채 저 멀리 사라져 가는 루인.

훈련장을 둘러쌌던 생도들이 양 갈래로 썰물처럼 갈라진다.

레예스는 마치 팀원을 다루는 조장처럼 굴었던 루인의 행동에 의문을 표시했다.

"너희들은 저 녀석에게 지도를 받고 있는 건가?"

"네. 한시적이지만요."

"한시적?"

다프네가 고개를 끄덕였다.

"무투대회를 준비하고 있어요. 저희는 루인 님에게 훈련의 전권을 맡겼구요."

"……무투대회?"

무등위 생도들이 무투대회를?

이 목소리 생도들이 경쟁자라고?

"아, 배고프다. 그만 밥 먹으러 가자."

배를 쓰다듬고 있는 시론에게 세베론이 걱정스럽게 물었다.

"설마 에어라인이라고 여기까지 돈을 받진 않겠지? 그래도 아카데미인데……."

"아까 기숙사 게시판에서 급식비 미제출자 명단을 본 것 같은데."

모두의 고개가 리리아에게 꺾어진다.

"뭐? 그게 정말이냐?"

"그, 급식비?"

묵묵하게 고개를 끄덕이는 리리아.

"급식비뿐만이 아니다. 기숙사와 공동 화장실 사용료, 샤워실 이용료, 그리고 자세히 보진 않았지만 몇 가지가 더 있었다."

"와, 와 씨! 이건 말이 틀리잖아!"

"뭐야? 에덴티아 선배는 왜 이런 걸 말해 주지 않았지?"

"우리가 당연히 알고 있다고 생각한 거 같은데."

분명 입학할 때만 해도 유급만 하지 않는다면 왕립 아카데미답게 모든 제반 시설이 무료라고 했었다.

그런데 지금에 와서 보니 이건 사기가 아닌가?

"에어라인의 초창기에는 아카데미의 모든 것이 무료였다."

생도들의 시선이 다시 레예스에게 모였다.

"네? 그런데 왜죠……?"

"아카데미의 관리직원들, 그리고 소수의 생도들이 외부로 물자를 반출하는 사례가 있었다. 식료품과 물 등 주요 물자들을 시중에 팔아 버린 거지. 제법 큰 사건이었다."

"아……."

"아니 미친! 누가 그런 걸 빼돌려!"

다프네의 눈빛이 가라앉았다.

"물값만 해도 1갤런당 200리랑이 넘죠. 충분히 유혹을 느낄 만해요. 하지만 생도들까지 그런 비리에 참여했다는 건 조금 의외군요."

생도들은 귀족 출신도 많았고 평민이라고 해도 왕립 아카데미에 입학했다는 자부심이 가득했다.

그런 생도들의 명예마저 허물어뜨릴 만큼 에어라인의 물가란 그야말로 살인적인 것이다.

"어쨌든 그 후로 아카데미도 바뀌었다. 수업료를 제외하면 모든 의식주에 돈을 받기 시작한 거지. 물론 외부보다는 조금 싸지만 불법 반출의 위험 부담을 감수할 만큼의 시세는 아니다."

다프네의 입에서 가장 중요한 질문이 흘러나왔다.

"그럼 에어라인의 아카데미 생활을 유지하는 데 평균적으로 얼마나 들죠?"

"한 달에 대략 1천 리량. 일체의 사교 생활을 하지 않고 극한까지 아낀다고 해도 600리량 정도는 소모된다."

세베론은 어처구니가 없었다.

"미, 미친! 그럼 금화 열 개?"

"아니 그게 말이 돼요? 생도가 무슨 돈이 있다고!"

1천 리량.

귀족가의 자제라 해도 부담스러운 한 달 생활비다.

물론 평민이라면 생도 생활 자체가 아예 불가능한 금액이었다.

"그럼 아카데미를 포기하는 생도들이 대부분일 텐데요?"

"아니다. 그 후로 아카데미는 방과 후의 직업 활동을 허가했다."

"지, 직업 활동?"

"그럼 대부분의 등급 생도들이 아르바이트를 하고 있는 건가요?"

"아! 그래서……."

어쩐지 오후만 되면 생도들이 썰물처럼 정문을 빠져나가
더라니.

"우, 우린 녀석이 필요하다!"

"좋아요!"

세베론과 슈리에가 숨도 한 번 안 쉬고 루인이 사라진 방향
으로 뛰어갔다.

나머지 목소리 생도들도 의기소침한 표정으로 털레털레
따라 걷기 시작했다.

"리리아."

리리아가 오빠의 부름에 무심하게 쳐다봤다.

"조금은 과장된 연기가 필요한 상황이었다. 알고는 있겠
지?"

무표정하게 고개를 끄덕이는 리리아.

"오빠가 나서지 않았다면 그 선배는 포기하지 않았을 테니
까."

다시 걸어가는 리리아를 향해 레예스의 음성이 이어졌다.

"셋째 어머니를 그렇게 말한 건 미안하다. 아까 그 녀석에
게도 이 오해를……."

리리아가 차갑게 웃었다.

"뭘 새삼스럽게. 그리고 그 녀석과 별로 친하지 않아. 직접
말해."

멀어지는 리리아의 뒷모습을 바라보며 레예스는 한참이나 더 서 있었다.

Chapter. 29

유적 동굴.

숙소나 휴식 공간으로서는 불친절한 공간이지만 수련 장소로 생각하면 말이 달랐다.

소음과 빛 등 마법사의 심상을 어지럽게 하는 거의 모든 방해 요소들이 차단된 장소인 것이다.

축축한 이끼 냄새가 다소 거슬리긴 했지만 그 점만 제외한다면 거의 완벽에 가까운 수련 공간.

그래서 루인은 유적 동굴을 보다 적극적으로 활용하기로 결심했다.

아카데미의 상점에 들러 마력 등불, 푹신한 방석, 간이 책상,

간식, 물 등을 구매해 온 루인.

유적 동굴로 돌아온 그가 적당한 공간을 물색하고 있을 때 쟈이로벨의 영언이 들려왔다.

*-아무리 생각해도 이해가 되지 않는군.*

유적 동굴의 벽면에 마력 등불을 설치하던 루인이 입을 열었다.

"또 뭐가?"

*-이곳을 만든 마도사 슈레이터란 놈은 아무래도 인간이 아닌 것 같다.*

"음……."

사실 그건 루인도 의심하고 있는 부분이었다.

루이즈의 일로 루인은 유적 동굴을 더욱 자세하게 살폈다.

놀랍게도 이 동굴은 거대한 결계처럼 작동하고 있는 일종의 아티펙트였다.

그러나 아티펙트의 가장 중요한 요소인 핵(核)이 존재하지 않았다.

결계가 유지되기 위해선 마력을 공급하는 핵이 필수불가

결.

거대한 에어라인이 공중에 부유하기 위해서 마정석(魔精石)이 필요한 것과 같은 이치였다.

하나 아무리 동굴을 살펴봐도 핵에서 공급되는 마력의 길, 즉 핵의 증폭 회로가 존재하지 않았다.

그런데도 이 유적 동굴은 슈레이터의 잔존 마력과 의지를 천 년 이상 유지하고 있었던 것이다.

그건 전성기의 루인조차도 불가능한 일.

마법사의 마력이야 워낙 특이한 성질을 지닌 경우가 많으니 잔존 마력은 그렇다 치더라도, 남아 있는 의지 즉 사념은 말이 달랐다.

사념을 남겼다는 것.

그렇다면 마도사 슈레이터가 초월자라는 뜻이다.

하지만 역사 속 그의 위상이 그 정도까진 아니었다.

그건 대마도사라고 불렸던 흑암의 공포를 압도하는 수준.

마신 쟈이로벨의 강림체(降臨體)를 아이처럼 다루던 초대 사자왕 사홀의 경지였다.

"왜 인간이 아니라고 단정하는 거지? 헤이로도스처럼 내적인 성향의 마법사일 수도 있지 않나? 진정한 실력을 세상에 드러내지 않은 채 연구 성과에만 집착하는·마도사 말이다."

─인간의 연구 성과라고 보기엔 너무 뛰어난 업적이다. 그 루이즈라는 아이의 성장이 매우 비정상적이지 않느냐. 마계에서도 그런 급격한 성장은 가능하지가 않다.

"음……."

─평생 동안 쌓아 올린 지혜와 마력을 술식 새기듯이 타인에게 주입하는 것이 가능하다? 억겁 동안 진화해 온 마계는 왜 그런 방식을 고안해 내지 못했지? 그런 방법이 존재했다면 당장 나만 해도 후계자를 고민할 필요가 없다. 벌써 내 일부를 자손에게 전했겠지.

샤이로벨과 논쟁하고 있었지만 루인이 가장 궁금했던 것도 바로 이 점이었다.

한 마법사의 마도를 그런 식으로 전승하는 것이 가능하다면 이 세계에 굳이 마탑이나 마법학회가 필요하지 않을 터.

─그러고 보면 이 왕국 자체가 너무 특이해. 두 고룡(古龍), 베스키아와 비세리스마가 한낱 인간 왕국의 탄생에 개입한 것도 그렇고…….

─건국왕 소 로오와 초대 사자왕 사홀은 인간의 역사에서 몇 번 탄생하지도 않은 초월자들이다. 거기에 신들의 자식이라

불리는 타이탄족의 맥(脈)을 잇고 있는 렌시아가? 이런 터무니없는 전승 능력을 지닌 초대 마도사? 넌 이게 정말 정상적이라고 생각하느냐?

"거기에 나도 존재하지."

……

어쩌면 마신의 능력을 전승한 흑암의 공포야말로 이 왕국의 가장 괴이한 이변일지도 모른다.

-이 모든 게 우연이라고 해도, 그 정도 역량의 역사로 출발한 왕국이 북부 왕국들의 틈바구니 속에서 겨우 생존이나 도모하고 있을 정도로 쪼그라든 점이 가장 괴이하다. 도저히 납득이 안 될 정도다.

"결론이 뭐냐?"

-이미 네놈도 나와 비슷한 생각을 하고 있지 않느냐?

루인의 두 눈에 어두운 기운이 서렸다.

"너 역시 내가 경험했던 미래의 멸망과 이 르마텔 왕국 사이에 모종의 관련이 있다고 보는 건가?"


 -감이지만 그렇다. 나는 그 악제(惡帝) 놈이 지금 이 르마
델 왕국에 있다고 확신한다. 놈의 계획은 아마도 이 왕국에서
부터 출발했을 것이다.


"……."

두 고룡의 개입과 실종.

두 초월자의 탄생과 그들의 갑작스러운 죽음.

타이탄족과 마신 쟈이로벨.

이번엔 추측이 불가능한 마법을 남긴 마도사 슈레이터까
지.

하나하나씩 따져 본다고 해도 인류의 역사에 출현해 온 사
건들 중 수위를 다툴 만한 사건이었다.

지금까지 루인은 이 사건들을 관통하는 귀납(歸納)을 도저
히 확신할 수 없었는데, 그중 하나의 가정을 쟈이로벨이 주장
하고 나선 것이었다.

"그렇다는 건 역시 렌시아가(家)인가."


 -네 기억 속의 유일한 구멍이지 않느냐. 너는 이 왕국의 전
반적인 상황과 역사를 모두 기억하면서도 유일하게 렌시아가
에 대해서는 별로 아는 것이 없다. 네 전생에서 통제되고 있던

*정보라는 뜻이지. 그건 집단적인 의도가 개입한 결과다.*

"고작 한 가문이 필요 이상의 권력과 자원을 독점하려 들고 있다. 이 왕국의 모든 뛰어난 역량을 죄다 빨아들이고 있어."

*-그 정도가 아니다. 만약 이 왕국이 지닌 역량을 고의로 자극한 것이라면? 모두 불태워 재만 남긴 거라면?*

"……."

*-거봐라. 이미 네놈의 마음속에도 확신이 있지 않느냐.*

루인의 눈동자가 분노로 이글거리고 있었다.

자신의 전생.

마신의 흑마법을 완성했던 자신의 삶이 누군가의 의도였다면?

악제의 군단장들조차 두려워했던 루이즈의 힘이 미리 안배된 결과라면?

바람의 대행자, 그리고 검성과 성녀의 역량이 모두 누군가의 의도에 의해 연출된 힘이라면?

그것은 세계에 흩어져 있던 모든 인간 역량의 결집 '인류

'연합'이 처음부터 잘못된 길이라는 뜻이었다.

요리하기 딱 좋은.

일망타진을 위한 누군가의 의도로 탄생된 결집.

동료들의 처절했던 인생이 모두 악제의 의도일지도 모른다고 생각하니 정신을 가눌 수 없을 정도로 감정이 짓이겨졌다.

인간 연합의 역량을 더 완벽히 구축하려는 자신의 의도가 또다시 악제의 손에 놀아나는 행동일 수 있는 것이다.


*-다시 동료들을 규합하려는 네 계획은 수정이 불가피하다. 전생과 똑같은 방식으로는 절대로 그 악제란 놈을 상대할 수 없을 거다.*


분노는 잠시.

지금까지의 삶을 통틀어 가장 깊고 냉철한 감각이 루인의 뇌리를 감쌌다.

의식을 호수처럼 깊게 드리웠다.

'……'

지난 생, 그리고 지금까지 내내 자신을 괴롭혀 온 의문.

놈은 왜 세계를 멸망시키려는 것인가?

놈에겐 인간이라면 마땅히 있어야 할 당위(當爲)의 감정이 없었다.

인간이 무언갈 추구한다면 분명한 의도와 목적이 있어야

하는데 놈에겐 그런 것이 존재하지 않았던 것이다.

아무런 목적도 없는, 그저 맹목적인 악의(惡意).

루인은 그런 악제의 희미한 의도를 끈질기게 추적했다.

뻗어 나갈 수 있는 모든 경우의 수를 대마도사의 직관으로 그려 낸다.

그때.

"렌시아가의 직계 일족은 타이탄족……."

인간을 향한 악의의 당위(當爲)를 무한히 추적하던 루인이 마침내 하나의 가정을 도출해 냈다.

타이탄족의 후예.

그들의 증오가 향하는 곳.


-테아마라스……?


신의 자손인 타이탄족을 세계에서 유리(遊離)한 자.

그 참혹한 절멸의 역사라면 충분한 당위가 있었다.


-일리 있는 말이다.


"네 말대로 이 르마델 왕국에 악제의 씨앗이 자라고 있다면 그곳은 렌시아가일 것이다."

-흐음······.

 루인과는 반대로 쟈이로벨은 좀처럼 확신하지 못하는 눈치였다.

 그들은 신족(神族).

 자체적인 힘만으로도 인간들을 압도하는 역량을 지닌 고위 존재들이었다.

 렌시아가가 타이탄족을 계승하고 있다면 굳이 인간의 권력과 역량을 탐낼 필요가 없었기 때문.

 그러나 쟈이로벨은 하나만은 확신했다.

 르마델 왕국에서 일어나고 있는 불가사의한 일들은 분명 그들과 관계되어 있었다.

 "······성체 타이탄족은 얼마나 강하지?"

 루인은 타이탄족을 경험한 적이 없었다. 그러므로 계획의 방향을 결정하려면 그들의 능력을 구체적으로 알아야 했다.

-단순하게 말할 수 없다.

 "왜지?"

-너희들 인간만 해도 너 같은 절대자가 있는 반면 사슴 한 마리 제 손으로 잡지 못하는 유약한 이도 있지 않느냐.

묵묵히 고개를 끄덕이고 있던 루인이 질문을 달리했다.

"인간과 확연하게 차이 나는 타이탄족의 특성은 뭐가 있지?"

한참 동안 침묵하던 샤이로벨.

-감정, 그리고 생각하는 방식이다.

"구체적으로."

-그들은 감정이 희미하다. 인간의 기준으로는 무생물처럼 느껴질 것이다.

"무생물이라……."

-또한 그들은 '존재'들을 부정한다. 아니, 자신들을 유일한 신이라 생각하고 있다는 게 정확한 표현이겠군.

루인은 이해할 수 없었다.

신들의 후손이 창조자를 부정하다니.

-그들의 눈에 비친 타 종족이란 뭘까. 직설적으로 표현하자면 동식물, 바위, 물과 같은 자연이다. 자신들이 누릴 일부

*라 생각하는 거지. 한때 그들은 인간을 주식(主食)으로 삼기*
*도 했다.*


"사람을 먹었다고……?"

간혹 인간을 습격한 몬스터들이 식인을 하는 경우는 있었
다.

그러나 주식으로 삼았다는 건 완전히 다른 차원의 문제.

타이탄족과 같은 지성을 지닌 문명이 같은 지성 문명인 인
간을 농작물 취급해 왔다는 건 상상조차 할 수 없었다.

무엇보다 그런 엄청난 일이 있었다면 역사로 남아 있어야
하는데 자신이 아는 한 그런 역사는 존재하지 않았다.


*-그래서 내가 이상하다고 했던 거다. 그들이 바라보는 인*
*간의 세계란 개미집처럼 하찮은 것이다. 너라면 개미의 먹이*
*가 탐이 나겠느냐?*


모든 정황은 렌시아가를 가리키고 있었지만 정작 그들의
당위가 또다시 희미해지고 있었다.

아직 자신이 파악하지 못한 무언가가 분명 존재할 것이
다.


*-초월자들을 암살하고 고룡 둘을 해치운 놈들이다. 무력*

*의 역량을 기준 삼고 싶다면 이미 확연한 기준점이 있지 않느냐.*

사흘 하나만으로도 전생에 이룩했던 자신의 경지를 능가하는 마당.

아직 초인을 상대할 역량도 갖추지 못한 마당에 정말로 그 정도가 렌시아가가 숨기고 있는 힘이라면 너무나 아득했다.

*-네놈의 친구들이 오고 있군.*

저벅저벅.

멀리서 발소리가 들려오자 루인의 상념은 그렇게 끝이 났다.

기다랗게 줄을 선 채로 동굴로 들어오고 있는 생도들이 흐릿하게 보였다.

어느덧 도착한 시론이 벽면에 설치된 마력 등불을 보고 활짝 웃었다.

"오오! 마력 등불!"

"와! 책상이네요!"

루인이 사 온 물건들을 확인하던 생도들이 하나둘 조심스럽게 루인에게 다가간다.

"저어…… 루인 님? 부탁이 있는데……."

평소와 다른 다프네의 코맹맹이 소리에 세베론의 미간이 구겨졌다.

"설마 지금 그거 애교?"

"어허, 쉿."

세베론이 질 수 없다는 듯 목청을 돋우었다.

"루인! 돈 좀 빌려줘!"


### 〈저도 빌려주세요 돈.〉


생도들에게 에어라인 아카데미의 현실을 모두 전해 들은 루인이 무심하게 입을 열었다.

"좋다. 너희들이 필요한 돈을 모두 주지."

"와아! 정말요?"

"커흑! 역시 루인! 너밖에 없다!"

씨익.

"대신 조건이 하나 있다."

"네? 무슨?"

"조건?"

생도들의 불안하게 흔들리는 눈빛을 마주 바라보며 루인이 말했다.

"렌시아가의 후원을 받는 이명 생도들의 활동 정보를 내게

주기적으로 보고해라. 사소한 것 하나까지 전부 다."

잠깐.

이건 사실상 사설탐정 일을 의뢰하는 것 같은데.

"어, 그건…… 일이잖아요?"

"그러면 아카데미 밖으로 일을 나가는 것과 그다지 차이가 없는 것 같은데……."

무표정한 루인.

"훈련 시간을 빼서 정보를 모으라는 얘기가 아니야. 그냥 식당, 기숙사, 수업 등 평소대로 활동하다가 접할 수 있는 그런 정보들 말이다."

생각해 보니 그 정도면 별 무리가 없었다.

당연히 생도들은 모두 흔쾌하게 고개를 끄덕였다.

"좋아! 그 정도라면 문제없지!"

"저도요!"

그렇게 루인이 헬라게아를 소환해 돈을 나눠 주고 있을 때.

"꽤 오랜만이군. 이 유적은."

늙수그레한 목소리가 들려온 곳.

헤데이안 학부장이 기다란 수염을 쓰다듬으며 빙그레 웃고 있었다.

유적 동굴 내부를 이리저리 살피던 헤데이안 학부장은 과거의 추억을 회상하고 있었다.

목소리의 유적이 이곳 에어라인이 아닌 지상에 있었을 때.

대규모 공간 이동 마법진을 위해 마도학자들이 셋이나 희생되었다.

그들은 정신이 붕괴되어 의식을 잃는 와중에서도 끝까지 좌표계를 놓지 않았다.

그들이 없었다면 이 유적 동굴은 에어라인에 존재할 수 없었을 것이다.

숭고한 희생을 향한 헤데이안의 짧은 묵념.

잠시 과거 속에서 무거운 마음으로 고개를 숙였던 그가 루인을 쳐다봤다.

"……."

할 말은 많았지만 대체 무슨 이야기부터 꺼내야 할까.

사람의 성향은 일관되기 마련인데 저 루인이란 생도 녀석은 도저히 종잡을 수가 없었다.

세상의 모든 비밀을 등에 이고 있는 양 비밀스럽게 굴더니, 에어라인에 올라오자마자 상위 랭커의 이명 생도와 공개적인 결투를 벌였다.

무려 6위의 랭커 기사 생도를 쓰러뜨린 것이다.

그것도 헤이로도스의 마법적 특성을 고스란히 드러내며.

당연히 에어라인 아카데미는 발칵 뒤집혀 버렸다.

그리고 그 반향은 기사학부보다 마법학부 쪽이 오히려 더 심했다.

전설적인 헤이로도스의 마도를 구현한 무등위 마법 생도.

마법학부의 교수들, 마탑의 초고위 마법사들, 게다가 마도명가의 원로들까지 모두 에어라인으로 모이고 있다.

특히 다가오는 마법학회의 개최를 주도하고 있는 어브렐가의 가주 레펜하이머.

그는 그런 마법학회를 포기하면서까지 에어라인의 입천(入天)을 통보해 왔다.

마법학회를 주관하는 마도가문의 최고 영예를 포기한 것이다.

대체 이 녀석의 정체가 무엇일까?

하지만 그런 수많은 의문을 뒤로하고 헤데이안이 내민 것은 아직도 김이 모락모락 나는 빵 바구니였다.

"나눠들 먹게."

"우왓! 감사합니다!"

"학부장님 최고세요!"

세베론과 슈리에가 꾸벅 인사를 하며 빵 바구니를 낚아챘다.

지상의 아카데미에선 거들떠보지도 않았던 빵이었지만 이곳 에어라인에서는 귀하디귀한 먹거리였다.

"맛있다!"

"흐!"

헤데이안 학부장이 사이좋게 입에 빵을 욱여넣고 있는 생도들을 흐뭇하게 바라보더니 다시 루인을 응시한다.

"잠깐 얘기 좀 나눌 수 있겠나?"

"그러시죠."

루인이 헤데이안 학부장에게 푹신한 방석을 내주었다.

루인과 마주 앉은 헤데이안은 금방 두 눈에 열기를 드러냈다.

"실력을 모두 드러냈다고 들었네."

마치 자신만 알고 있던 소중한 비밀이 몽땅 세상에 드러난 기분.

하지만 자신이 결코 상상해 보지 못했던 루인의 비밀이 하나 더 존재했다.

"대체 그 무투술은 또 무엇인가?"

루인이 처음으로 드러낸 실력은 마법이 아니라 무투술이었다.

그것도 평범한 수준이 아니라 크림슨 오오라를 발휘한 강철의 하이랜더 올칸을 일방적으로 몰아붙인 고위 무투술.

"크게 의미를 따질 필요가 있습니까? 기사를 상대하는 저만의 해법입니다. 마법사의 마도가 굳이 마법에만 한정될 필요는 없죠."

분명 일리는 있다.

그러나 한정된 시간을 살아가는 인간인 이상 효율을 추구할 수밖에 없는 일.

마도(魔道)가 이것저것 함께 익힐 만큼 만만했다면 모든 마법사가 워메이지를 꿈꿨을 것이다.

"자네의 마도는 전장(戰場)의 마도인가?"

"그렇습니다."

일체의 고민 없이 고개를 끄덕이는 루인.

"헤이로도스의 마법을 익힌 것도 그 때문이고?"

"자기 객관화입니다. 연산력, 보유 마력, 마력의 성질, 염동력의 수준 등. 제 종합적인 역량에 가장 적합한 마법이라 판단했습니다."

"……."

루인과 대화를 하면 할수록 헤데이안은 무슨 기계를 마주하고 있는 기분이었다.

냉철한 판단력도 어느 정도껏이지 이건 무슨 숫제 괴물 같지 않은가?

한참 동안 생각에 잠겨 있던 헤데이안은 가장 궁금했던 의문을 드러내기 시작했다.

"에어라인에서 드러낸 자네의 역량은 어설픈 수준이 아닌 진짜 헤이로도스의 마법이었네."

"완성하지는 못했습니다."

그런 루인의 대답에 한 차례 허탈하게 웃던 헤데이안이 흰 수염을 파르르 떨 만큼 동요했다.

화르르르르-

혜데이안의 오른손 위로 시푸른 화염구가 타오른다.

소스라칠 정도로 강력한 마력이 느껴지는 푸른 청염(靑炎).

혜이로도스를 대표하는 마법, 구유의 불이었다.

츠츠츠츠-

이내 청염에서 뇌전이 일렁거린다.

구유의 불을 라이트닝 쇼크로 술식 변환을 시도하고 있는 것이다.

하지만 그것은 찰나일 뿐.

혜데이안이 펼친 구유의 불은 희미한 열상만을 남긴 채 힘없이 사그라졌다.

심각한 표정으로 다시 구유의 불을 일으킨 혜데이안.

화르르르르-

이번에 그가 시도한 것은 분열이었다.

그러나 이번에도 천천히 두 개로 변하던 청염이 희미한 열상만을 남긴 채 산화되어 버렸다.

혜데이안이 담담한 눈으로 루인을 응시했다.

"나는 이 나라의 현자(賢者)일세."

물론 혜데이안 학부장은 왕실의 권위로 인정받은 진정한 의미의 현자는 아니었다.

그러나 그는 현자 에기오스에 준하는 실력을 지닌 마법

사.

르마델 왕국에서 그의 위상은 분명한 현자급이라 할 수 있
었다.

"마법학회의 에이선트 등위 '지혜의 등불'을 인증받은 마법
사는 이 나라에서 이 헤데이안이 유일하네. 그건 에기오스도
쟁취하지 못한 거지."

고고한 자부심.

"수명만 허락한다면 반드시 '마도사'의 위상에 닿을 수 있
다고 나는 믿고 있네."

루인이 덤덤하게 대답했다.

"하고 싶은 말씀이 무엇입니까."

순간 강렬한 빛을 머금는 헤데이안의 두 눈.

"자네의 눈앞에 있는 사람은, 적어도 이 왕국에서만큼은
최고의 마법사란 뜻이네."

루인은 피식 웃고 말았다.

가만히 듣고 있자니 왕국 최고 실력의 마법사도 발휘하지
못하는 헤이로도스의 마법이 어떻게 너에게는 가능하냐고
묻고 있는 거였다.

그 간단한 질문을 왜 이렇게 빙빙 돌려서 얘기하는 걸까?

"……내게 가르쳐 줄 수 있겠는가?"

그 순간.

모든 생도들이 빵을 먹다 말고 벙쪄 버렸다.

푸웁- 하며 빵을 튀기던 시론이 멍하니 학부장을 바라봤
다.

공손히 두 손을 모은 채 한없는 가르침을 열망하고 있는 헤
데이안 학부장.

마치 스승을 앞에 둔 제자처럼 경건한 그의 표정에 시론은
어안이 벙벙해졌다.

"가르친다고 해서 쉽게 되는 게 아닙니다."

"아, 아니 그래도……!"

"게다가 학부장님은 이미 자신만의 마도가 너무 완고하게
자리 잡혀 있습니다. 그렇다는 건 더욱 힘들단 뜻이죠."

헤데이안은 지혜의 라이브러리에서 루인과 논쟁했던 때가
떠올랐다.

증명을 통한 확증(確證)으로 우열을 가늠하는 것이 마법
이라는 학문의 정체성이라면 분명 당시의 승자는 루인이었
다.

"그럼 몇 가지만 물어봐도 되겠는가?"

루인이 하는 수 없다는 듯 한숨을 내쉬었다.

"후, 말씀하시죠."

침을 꿀꺽 삼키는 헤데이안.

"초과 왜곡을 가능케 하는 연산 좌표계를 어떻게 구현해
낸 것인가?"

헤이로도스는 술식의 불변성을 깨는 방법으로 초과 왜곡

을 말하고 있었다.

한데 마력을 수놓는 정통의 방법론, 즉 연산 좌표계는 반드시 한계를 지닐 수밖에 없었다.

재능에 따라 차이가 있겠지만 인간의 두뇌가 지닌 연산력에는 명확한 한계가 있기 때문이었다.

그때, 루인의 입에서 놀라운 대답이 흘러나왔다.

"특별한 연산 좌표계는 없습니다."

"……뭐?"

당황하는 헤데이안 학부장.

좌표계를 지정하지 않는 마법이 존재할 수가 있단 말인가?

"초과 왜곡을 가능하게 하는 건 술식의 가변성을 이해하는 고유한 감각입니다. 연산력은 부차적인 것이죠."

"가변성……?"

"설사 초월적인 연산력으로 모든 좌표 지정이 가능하다고 해도 그건 헤이로도스의 마법을 흉내 내는 것에 불과합니다. 학부장님께서 하고 계신 것처럼요."

충격으로 굳어져 있던 헤데이안이 곧장 의문을 드러냈다.

"그럼 자네의 그 수많은 마력 칼날들이 모두 좌표 지정 없이 구현된 형태란 말인가?"

무심하게 고개를 끄덕이는 루인.

"수천 개의 마력 칼날들을 일일이 좌표로 지정하는 게 인간의 연산력으로 가능하다고 생각하십니까? 게다가 통제하려면 그 많은 좌표들을 끊임없이 이동해야만 하는데요? 그래선 찰나도 버티지 못하고 정신 붕괴가 일어날 겁니다."

"허면……."

"하나의 술식이 절대적이고 독립적이라는 마도의 관념부터 무너뜨려야 합니다."

곧장 염동을 맺는 루인.

그러자 꿈틀거리며 파동하는 하나의 선이 마력으로 그려졌다.

푸르게 빛나며 파동하는 미세한 마력선.

헤데이안이 호기심 가득한 표정으로 그런 마력선을 응시하고 있었다.

"이 마력 파동에 속도의 속성을 부여하려면 무엇이 필요합니까?"

"측지선(測地線)?"

마법사라면 누구나 당연하게 대답하는 정상적인 방법론.

하지만 헤이로도스식 마법, 즉 대마신 므드라의 관념은 전혀 다른 해석을 늘어놓았다.

"측지선이라는 건 결국 위치의 변화율입니다. 위치의 변화율이 짧을수록 최단 거리, 즉 속도가 부여되는 것은 맞습니다."

루인이 떨친 마력선이 놀라운 속도로 허공을 움직이더니

이내 몇 개의 마력선으로 분화되었다.

"이것이 학부장님께서 이해하고 있는 술식 변환입니다. 하지만 이건 그냥 빠르게 움직이고 있는 좌표일 뿐이죠."

그것은 그저 빠른 속도로 이동하고 있는 마력선의 잔상이었다.

일종의 분신술처럼, 그저 사람의 착시 현상일 뿐인 것이다.

"실체적인 분열이 아닙니다. 즉 헤이로도스의 마법이 말하고 있는 진정한 술식 변환이 아니란 뜻입니다."

"허면……?"

스스스-

다시 마력선이 하나로 합쳐진다.

잔잔하게 물결치고 있는 루인의 마력선은 잠시 동안 어떤 변화도 없다가 마치 새끼를 치듯이 두 개로 갈라졌다.

동그랗게 떠진 헤데이안의 두 눈.

"첫 번째 전제는 마력입니다. 투입되는 힘이 두 배가 되어야 하는 것이죠."

"마력……."

"두 번째는 인식계(認識界)와 심상계(心想界)의 경계를 무너뜨리는 염동력입니다."

"뭐……?"

인식계와 심상계의 경계를 허무는 것.

무슨 간단하다는 듯이 말하고 있었지만 그건 마도를 꿈꾸는 모든 마법사들의 숙원이었다.

마법사들이 끝없는 이미지를 하는 이유가 무엇인가?

심상에서 떠올린 무수한 가상의 마법을 하나라도 현실에 구현해 내려는 처절한 몸부림인 것이다.

그러므로 상상과 현실의 경계를 무너뜨린다는 건 모든 것이 가능해진다는 의미.

"허면 자네의 분열한 저 마력선이 좌표계를 이동한 술식이 아니라……."

"염동력으로 그저 마력선의 고유 파동을 복제한 겁니다."

"……."

멍하게 굳어지는 헤데이안.

이건 마치 헛된 상상이 현실이 되는 수준이다.

염동력으로 술식의 고유 파동을 나눈다고?

거기에 무슨 마도의 법칙과 이론이 있을 수 있단 말인가?

이건 정신의 영역이다.

마치 드래곤의 용언 마법과 같은 그런 터무니없는 정신 계열의 마법.

과연 그래서 루인은 이 무식한 술식 변환을 '고유의 감각'이라고 했단 말인가.

"대체 무슨…… 말도 안 되는……."

염동력을 극한으로 구동하면 마력의 고유 파동 몇 개쯤은 나눌 수 있을 것이다.

염동력은 정신으로 구현해 내는 힘이기에 굳이 좌표를 지정할 필요가 없기 때문.

염동 마법이 시전 시간이 짧은 건 바로 그런 점 때문이다.

한데…….

이런 무식한 방법이 술식 변환의 진정한 정체라면 과연 인간에게 허락된 힘이란 말인가?

캐스팅이 필요 없다는 건 이제 이해했다.

그러나 수천 개의 캐스팅에 해당하는 마력은 실질적으로 투입되었다는 뜻.

거기에 현실과 상상의 경계가 무너질 정도의 초월적인 염동력으로 모든 외력 궤도와 고유 파동을 동시에 나눈다?

그 수천 개의 마력 칼날을?

헤데이안 학부장이 벌떡 일어나며 세차게 고개를 도리질했다.

이런 게 마법(魔法)이라고?

"이건 말도 안 된다!"

그 순간.

ㅊㅊㅊㅊㅊㅊ-

동굴 내부를 가득 채워 가는 마력선들.

수천 개의 마력선을 허공에 늘어뜨린 채 루인이 무덤덤하게 대답했다.

"되는데요?"

처음에 헤데이안은 그냥 화가 났다.

루인이 아무렇지도 않게 말하고 있는 무식한 이론에는 구멍이 많아도 너무 많았기 때문.

"……."

그건 불가능한 영역이었다.

마법사의 심상(心想)이란 반드시 가정, 즉 상상력이 추가되기 마련.

그런 불완전한 영감을 현실로 구현하기 위해선 끈질긴 연구와 실험을 통해 실증 결과로 증명해 내야만 했다.

한데 그 모든 과정을 무시하고 즉각적으로 현실에 구현해 낸다는 것.

그것은 인간의 사고(思考)가 지닌 한계로 미뤄 봤을 때 결코 가능한 것이 아니었다.

인간에게 그런 초월적인 능력이 있었다면 모든 마법사들이 9위계를 돌파하고 초인이 되었을 것이다.

"……."

한데 그런 불가능의 영역이 지금 자신의 눈앞에 펼쳐져 있었다.

동굴 내부를 가득 메워 버린 마력선.

각기 다른 형태로 파동하며 은은히 발광하고 있는 수천 개의 선(線)을 바라보며 헤데이안은 할 말을 잃어버리고 말았다.

스스스스스-

루인이 융합 마력을 거두자 모든 마력선들이 씻은 듯이 사라졌다.

헤데이안이 다시 무감한 감정으로 되돌아간 루인의 얼굴을 응시했다.

"이건…… 불가능하네."

헤데이안이 이를 깨물고 있었다.

본인의 눈으로 직접 보고도 부정하는 그의 이율배반적인 반응에 루인이 기이한 눈초리로 되물었다.

"구현된 마법을 보시고도 불가능을 말씀하시니 저로서는 당황스럽군요."

"인식계와 심상계의 경계를 허문다는 건 결국 마법사의 정신이 전능(全能)의 영역에 닿았다는 뜻일세. 감각, 개념, 판단, 자각, 추론, 기억 등 모든 인지력이 인간의 한계를 완벽하게 초월해야 한다는 뜻이지."

화르르르르-

다시 술식을 일으켜 구유의 불을 소환한 헤데이안이 죽일 듯이 청염을 노려본다.

심상의 극한, 현자의 초고위 염동력이 곧바로 청염에 작렬한다.

정신 붕괴 직전까지 내몰리고도 그가 완성한 염동 복제는 단 4개.

그렇게 술식의 분화는 단 네 번으로 끝나 버렸다:

헤데이안이 현기증으로 잠시 머리를 떨구더니 한참을 지나서야 허탈하게 입을 열었다.

"보게. 이 현자의 심상과 염동력으로 고작 4개가 한계네. 하지만 더욱 심각한 문제는 분열의 수가 아닐세."

흰자위를 드러냈던 헤데이안의 흐릿한 두 눈이 루인을 향했다.

"고작 술식 한 번으로 내 염동력은 바닥을 드러냈네. 정신에 타격을 입었단 말일세. 이걸 과연 마법이라 부를 수 있단 말인가?"

단 몇 초간의 염동과 마력을 유지하는 것만으로도 정신 붕괴가 일어나 버리는 무시무시한 술식.

이런 게 헤이로도스가 남긴 마법이라면 애초에 익힐 수 없는 마법이란 뜻이었다.

"……."

루인은 하얗게 타 버린 정신으로도 끈질기게 지혜를 갈구하고 있는 헤데이안의 마도를 높이 사고 있었다.

하지만 애초에 이 헤이로도스의 마법은 절대 존재의 의지로부터 시작된 마법.

마계의 절대자, 대마신 므드라가 창조해 낸 새로운 경지의 마법인 것이었다.

당연히 술식의 시작부터 끝까지 그 모든 기준점은 무한에 가까운 시간을 보내 온 대마신의 기준이었다.

대마신의 정신력, 대마신의 염동력, 대마신의 연산력, 대마신의 마력…….

만 년 이상의 이미지로 단련된 자신은 접근이라도 가능했지만, 고작 백여 년을 사는 것이 전부인 인간 마법사에겐 가능한 마법이 아닌 것이다. 비록 그가 현자라고 해도.

그때.

"아…….."

다프네가 석상처럼 굳어진 채로 리퀴르 측정기를 바라보고 있었다.

생도들이 다급하게 리퀴르 측정기의 게이지를 확인하려고 했으나 이미 제로(0)로 돌아간 상태.

"왜 그래요? 다프네?"

"마력을 측정했었나?"

다프네가 홀린 듯이 중얼거렸다.

"술식이 분화될 때마다 마력을 추가한다는 루인 님의 말을 듣고 호기심이 생겨서 측정해 봤는데…….."

"그래서?"

다프네의 시선이 검게 칠해진 게이지의 한계점, 즉 측정 불가의 영역을 가리키고 있었다.

"루인 님의 술식 분열이 끝났을 때…… 리퀴르 측정기의 게이지가 끝에 닿아 있었어요."

"뭐? 그럼 측정 불가……?"

"그, 그건 10만 리퀴르를 넘었다는 뜻이죠?"

안 그래도 조용한 유적 동굴에 더한 정적이 몰아쳤다.

10만 리퀴르.

그것은 한 마법사가 9위계의 한계를 극복하고 초인의 경지에 닿았다고 해도 불가능한 마력의 총량이었다.

인간의 마력이 어떻게 절대적인 위력의 마도병기, 마장기(魔裝機)에 필적할 수 있단 말인가?

"……루인 생도. 제발 내게 보여 주게."

루인은 학부장이 무엇을 갈구하고 있는 지를 잘 알고 있었다.

하지만 오드를 보여 주는 건 결국 자신의 최대 약점을 드러내는 일.

그렇게 루인이 고심에 잠겨 있을 때, 다시 헤데이안 학부장의 목소리가 떨려 왔다.

"맹세코 자네의 비밀을 발설하는 일은 없을 것이네. 현자의 마도로써……."

마법사의 서약, 마도의 인(印).

헤데이안의 고아한 손놀림이 허공을 누볐다.

"이 헤데이안의 마도를 믿어 주게."

학부장의 마도 맹세를 물끄러미 응시하던 루인이 생도들

을 바라보았다.

작지만 강한 열망의 눈빛들.

결국 루인의 무심한 얼굴에 희미한 웃음이 피어났다.

츠츠츠츠츠-

루인은 자신의 마나 서클, 오드 위에 덧씌워져 있었던 술식을 천천히 흩어 내자.

시야를 어지럽히는 환혹계 마법.

타인의 물리력이나 마력의 침범이 발생할 시 무작위 공간 좌표계로 이동시켜 버리는 위상 전이 마법.

그리고 마지막 방벽.

주변의 모든 언령과 염동력을 무력화시키는 침묵 마법, 싸일런트까지.

츠츠츠츠츠츠-

영롱한 빛을 내며 도도하게 회전하고 있는 힘이 마침내 드러났다.

지혜의 라이브러리를 통해 얻은 백마법의 지혜들.

헤이로도스기-백마법총론에서 발견한 융합의 단서.

그리고 흑암의 공포, 대마도사의 마도로 빚어낸 마나 서클은…….


절대적(絶對的)이었다.

그저 바라보는 것만으로도 그 위대함에 영혼이 진탕되는 느낌.

이건 마력이지만 동시에 마력이 아니었다.

모든 마법의 지혜를 동원하고도 도저히 해석할 수 없는, 그야말로 막막하고 아득한 심정.

한 인간의 마도, 그런 무한한 도야(陶冶)의 흔적이 고스란히 느껴졌다.

이미 오롯한, 한 마법사의 완성된 자아.

한 마법사가 보유한 의지의 단면, 그 무한함을 읽은 헤데이안이 홀린 듯이 중얼거렸다.

"영성(靈性)……."

이것은 구도자(求道者)의 영역.

현자라는 이름으로도 결코 도전할 수 없는 위대한 구도자의 마도.

"4위계……."

도도하게 회전하고 있는 4개의 고리.

그러나 '마도사'의 영역에서 고리(Circle)란 무의미했다.

일반적인 마법의 경지로는 이미 완성된 정신의 영역을 가늠할 수가 없으니까.

헤데이안 학부장은 그렇게 터질 것만 같은 심정으로 온몸을 떨고 있었다.

"……그대는 마도사의 영역에 다다른 것인가?"

헤데이안의 말투가 바뀌었다.

이처럼 위대한 경지를 목격하고도 현자니 학부장이니 내세운다는 건 우스운 일.

초인(超人)은 세상의 어떤 상식으로도 설명될 수 없는 존재들이었다.

"완성하지 못했습니다. 아직 멀었죠."

"그게 무슨……?"

루인이 담담하게 말했다.

"실질적인 위력으로 발휘될 수 있는 체계가 지금은 불안정합니다. 몇 가지 방안을 생각하곤 있는데 아직 확신이 없습니다."

"아직은 그대의 정신적인 완성을 모두 구현해 낼 수 없단 뜻인가?"

"그렇습니다."

"허……."

이미 마도사의 정신을 완성했지만 이를 완벽하게 발휘할 수 있는 수단과 체계가 준비되지 않았다?

과연 그게 상식적으로 가능한 일인가?

무엇보다 4위계에 불과한 마법사가 마도사급의 정신을 무슨 수로 보유할 수 있는 거지?

이건 선후가 바뀌었다.

왕립 아카데미의 역사, 아니 인류가 지나온 역사의 질곡을 모두 살펴봐도 이런 황당한 예를 찾을 수는 없을 것이다.

지금까지 믿어 왔던 모든 상식과 관념이 무너지는 기분.

"허면 그대가 마나 서클을 외부에 소환하는 이유가 마도사의 경지와 관련 있단 뜻인가? 그렇다면 인간의 심장 대신 마나 서클을 가능케 하는 매질은 어디서 구할 수 있단 말인가? 설령 심장을 초월하는 매질을 구했다고 해도—"

고개를 젓는 루인.

"그 점에 대해서는 말씀드릴 수 없습니다."

곧장 마도심문관을 만나고 싶은 것이 아니라면 백마법사에게 오드의 근원을 말할 수는 없었다.

루인이 다시 오드를 영계로 회수하며 무심한 눈빛을 발했다.

이제 무리하게 자신의 오드를 보이면서까지 학부장을 동요시킨 이유를 말할 차례였다.

"짐작하시겠지만 이건 제 마도, 최대의 비밀입니다."

"음……."

헤데이안은 무겁게 고개를 끄덕였다.

루인이 꾸준한 마력의 소모를 감수하면서까지 삼중 트랩을 구축해 놓은 이유.

마나 서클은 마법사의 모든 것이기 때문이었다.

"이런 제 비밀이 바깥으로 샌다면 저는 일말의 망설임도 없이 학부장님을 죽일 겁니다."

심장을 조여 오는 그 섬 한 목소리에 헤데이안은 아무런 말도 할 수 없었다.

이내 정신을 차린 헤데이안.

그래도 그렇지 생도의 신분으로 마법학부의 학부장을 살해하겠다고 협박을 해 대다니?

무엇보다 억울한 건 이 유적 동굴에 자신 하나만 있었던 것은 아니지 않은가?

"아니 이보게……."

"제게 저들은 의심의 대상이 아닙니다."

굳게 다문 입으로 침묵하고 있던 헤데이안이 나직이 반문했다.

"내가 뭘 하면 되겠는가?"

그제야 루인의 입가에 희미한 미소가 서렸다.

역시 노련한 노인이었다.

비밀을 드러낸 것에 견줄 만한 대가.

자신이 등가교환을 원하고 있다는 사실을 곧바로 알아차린 것이다.

"소드 힐(Sword Hill), 혹은 옴니션스 세이지(Omniscience Sage)의 은퇴자들과 연락을 취할 방법을 제게 열어 주십시오. 정기든 비정기든 상관없습니다."

"뭐, 뭐라……?"

왕국을 수호하고 있는 은퇴자 집단이라면 어떤 방식으로

든 왕실과 연락을 주고받고 있을 확률이 높았다.

이미 그들은 대륙적으로 발생하는 이변을 추적하고 있는 상황.

이대로 내버려 두면 그들은 악제의 마수에 의해 흔적도 없이 사라지게 될 것이다.

애초에 몰랐다면 모르겠지만 그들의 활동 방향을 알게 된 이상 그런 의미 없는 희생을 방관할 수만은 없었다.

물론 아직도 가문에서 만났던 소드 힐의 노인에겐 앙금이 가시지 않았지만, 이제는 대마도사의 자존감을 조금 내려놓을 때였다.

하이렌시아가, 나아가 악제의 군단장들의 초기 시절을 살피려면 그들의 협력이 절실했다.

'이 녀석은 대체……'

이토록 명확하게 왕국의 비밀스러운 집단을 인식하고 있다는 것.

그 말은 전설이 아니라 실제로 왕국의 은퇴자들이 존재한다는 것을 이미 안다는 뜻이었다.

헤데이안의 목울대가 꿀꺽거렸다.

"그, 그분들은 만나고 싶다고 해서 만날 수 있는 존재들이 아니네."

"제 말을 그대로 전하면 아마 모든 일을 제쳐 두고 뛰어올 겁니다."

"무슨 말을?"

"소환."

"소환······?"

루인이 비릿하게 웃었다.

"너무 심심해서 또 소환하고 싶다고 전해 주시지요. 충분히 알아들을 겁니다."

헤데이안의 동공이 거세게 흔들렸다.

"설마 그분들을 이미 만난 적이 있다는 건가?"

말없이 미소만 짓고 있는 루인을 바라보며 헤데이안은 고개를 절레절레 젓고 말았다.

고심하던 헤데이안이 다시 입을 열었다.

"나는 에기오스와는 달리 왕실에 찍힌 몸일세."

에기오스를 상회하는 마법적 역량을 지니고도 헤데이안 학부장이 현자가 되지 못한 것은 바로 친화력 때문이었다.

그는 사람과 어울리는 재능이 별로 없었다.

왕족들은 헤데이안의 괴팍한 성격을 그다지 마음에 들어 하지 않았다.

"그분들을 만날 수 있다고 장담은 못 하겠네. 하지만 연이 닿아 만나게 된다면 그대의 말을 반드시 전해 주겠네."

입가에 어려 있던 루인의 미소가 잦아들었다.

"평소대로 대해 주십시오."

힘겹게 웃는 헤데이안.

"그러지, 루인 라이언 생도."

자리를 털고 일어난 헤데이안 학부장이 유적 동굴 밖으로 길을 나섰다.

그의 모습이 더 이상 보이지 않을 때쯤 실의에 찬 다프네의 목소리가 들려왔다.

"……인간이었다구?"

〈5권에서 계속〉

# 잇츠
## 마이라이프

IT'S MY LIFE

초촌 현대판타지 장편소설

무심코 내뱉은 술주정이 현실로?
다사다난했던 1983년으로 회귀하다!

우연한 술자리에서 속마음을 털어놓은 것은,
그저 가슴속 멍울을 해소하기 위한 몸부림이었다.

"솔직히 좀 부럽더라고요.
그런 인생을 살고 싶었거든요"

대기업 마케터로 잘나갔고, 작가의 삶도 후회하지 않는다.
마흔이 넘도록 내세울 것 하나 없다는 것만 빼면.
그래서 푸념처럼 했던 말인데, 정말로 현실이 될 줄이야.
5공 시절의 따스한 봄날, 7살의 장대운이 되었다.

지금이 아니면 다시는 돌아오지 않을 기회.
제대로 폼나게 살아 보자.
이 또한 장대운, 내 인생이니까.

# 잇츠
초촌 현대판타지 장편소설
# 빌런스 코리아

"국민을 기만하고
자기 잇속만 챙기는 놈들의 악당이,
악당의 악당이 되고 싶습니다."

부패한 정치권을 바꾸려는 전직 국회의원.
그런 그에게 손을 내미는 남자.

"그 악당, 저도 돼 보고 싶어졌거든요.
문호 씨의 그 꿈, 저에게 파세요."

천재와 거물이 만들어 내는
한 번도 경험해 보지 못한 새로운 대한민국!

IT'S VILLAIN'S KOREA.